刘成信/主编

中国杂文

ZHONGGUO ZAWEN

（百部）卷八

钱玄同集

QIANXUANTONG JI

吉林出版集团股份有限公司
全国百佳图书出版单位

图书在版编目（CIP）数据

中国杂文百部．现代部分．第8卷．钱玄同集 / 钱玄同著；刘成信主编．-- 长春 ： 吉林出版集团股份有限公司，2014.9

ISBN 978-7-5534-5476-4

Ⅰ．①中… Ⅱ．①钱… ②刘… Ⅲ．①杂文集—中国—现代 Ⅳ．①I26

中国版本图书馆CIP数据核字（2014）第210973号

钱玄同集

QIANXUANTONG JI

出 版 人　吴文阁
作　　者　钱玄同
主　　编　刘成信
责任编辑　金方建
封面设计　梁文强
开　　本　650 mm × 950 mm　1/16
字　　数　80千字
印　　张　12
版　　次　2015年1月第1版
印　　次　2020年5月第1版第3次印刷
出　　版　吉林出版集团股份有限公司
发　　行　吉林音像出版社有限责任公司
　　　　　吉林北方卡通漫画有限责任公司
地　　址　长春市泰来街1825号　　邮　编：130062
电　　话　总编办：0431-86012893　发行科：0431-86012770
印　　刷　三河市华晨印务有限公司
ISBN 978-7-5534-5476-4-02　　定　价：28.50元

《中国杂文》(百部)
总 序

刘成信

一

人类的文学艺术,源远流长,丰富多彩。随着社会的推进、发展,其分门别类日益精细——从最初的歌曲、舞蹈、神话、故事等逐步演绎出诗、散文、小说、戏曲。直到上个世纪初,科学技术与文学艺术融合,又有了电影、电视剧等。

有一种文学艺术虽然在中国问世两千余年,由于后人未给予"名分",以致到二十世纪初,才从文学艺术谱系中分野出来,这就是古老而年轻的杂文。

人类和自然界大体都遵循适者生存的法则萌芽、生长与消弭。两千多年来,杂文本应与小说、诗、散文、戏剧、音乐、电影等姊妹艺术一道,繁花似锦、根深叶茂。然而,它没有像先贤们渴望的那样,而是纤弱,时生时灭,时有时无,同其他汗牛充栋的文学艺术作品相去甚远。

二

时序到 1915 年,中华文学艺术宝库迎来新曙光,一个精灵出现了——杂文在多灾多难的中华大地,被一些先知先觉的知识分子接受了!

杂文这个新成员一俟来到华夏，其特性便与众不同——首先是符合社会发展规律，它主张顺应历史潮流。它不重复生活，不还原历史，不演绎过去，而最突出展示将来，预期社会走势，判断人间是非。

杂文一俟来到华夏，便告之，它向往和平、民主、科学、自由、平等、人道、富裕及真善美；杂文憎恶专制、昏聩、愚昧、野蛮、特权、贪婪、奴性、虚伪及假恶丑。杂文与其他文学艺术既相通又有自己的特性。

杂文一俟来到华夏，就融于文学大家族，与各种文学艺术形成天然的血肉联系。它不像小说刻画人物，而是粗线条勾勒人与事；它不像诗、散文等那样纤细、抒情，而是明白如话，开诚布公。但杂文能够调动各种姊妹艺术如寓言、故事、说唱、戏曲、元杂剧等“为我所用”。

杂文一俟来到华夏，它就友好地“拿来”社会科学乃至自然科学的多种文化元素。它不是政治学，但只有不迷失政治选择，才能解析身边社会的变数；杂文不是社会学，但只有掌握瞬息万变的时代脉搏，才能适应人间丛林法则；杂文不是历史学，但人总应拨开历史雾障，略知历史长河的走向；杂文不是生理学不是心理学，但它能解剖人性、解读人生、理顺人际关系；杂文不是方法论，但它无处不闪烁思想方法光芒；杂文不是文艺学，但它评价文艺现象既深刻又形象；杂文不是美学，但每篇优秀杂文无不抨击假恶丑，无不向往美、赞扬美……

理解杂文、认识杂文，才能与杂文为友，才懂得杂文的大爱。杂文真的是半部百科全书。

三

杂文打捞历史风尘，知耻近于勇。杂文对于文化批判，社会批判，历史批判，人性批判，世世代代惹来不知多少是非。

嫉妒杂文、讨厌杂文者，甚至欲将杂文从百花园中斩草除根，所以，杂文往往难以长成大树，多少代都不能像其他文学艺术那般枝繁叶茂。有人说杂文偏激，有人说杂文片面，有人说杂文招惹是非，更有人对杂文产生各种各样的误解。以至于把杂文称之为乌鸦，恨不得把一切不祥之物都推到杂文身上。

杂文，曾为作者“惹”下多少祸根，有人曾因杂文葬送自己的大好前途，多少代杂文人曾为自己带来难以洗清的污秽。

然而，实践证明，杂文只能为民众造福，世世代代多少志士仁人，曾为杂文洗刷了一切不实之词，它为人们启蒙越来越受人们欢迎。

四

本书作者共计三百八十位，分当代、现代、历代。

我们试图把 1915 年《新青年》“随想录”诞生前的杂文划为历代，1915 年到 1949 年划为现代，从 1949 年到当今划为当代。

1915 年“随想录”之前称之为杂文，主要是根据作品性质、特点，而不是按刘勰在《文心雕龙》所谈的“杂文”。

当代作家选五十位，每人一部杂文，五十篇左右。另有合集十部，每部二十几位作家，共二百多位作家，四百多篇作品；现代作家二十位，每位五十篇杂文，七万多字，另有四十多位杂文作家，十部合集；最后选七十多位历代杂文作家，均为合集，每篇作品都有注解、题解、古文今译。

当代五十位杂文作家大体是根据五点遴选的。

一、杂文创作时间超过二十年；二、曾创作有影响的杂文作品在三十篇以上；三、曾创作经典性杂文作品；四、作品强调思想倾向的同时，艺术性也不为之忽视；五、曾在国内组织带领作家创作杂文卓有成就者。

二十多年来，我曾在助手们协助下选编各种版本杂文集五十余部，选编如此大型杂文丛书，对我是一种尝试，深知其难度。这部《中国杂文》（百部）整整花费我四年时间。杂文作品浩如烟海，读数百册杂文集、数百万篇杂文作品，难免挂一漏万，特别是这部大型丛书在国内尚无参照系，错讹在所难免，恭请诸位指正。

选编者 2012 年 11 月 10 日

于长春杂文选刊杂志社

目录

随 感 录

十六

有人转述一位研究古学的某先生的话道："外国的新学，是不用研究的；我们中国人，只要研究本国的古学便得了。近来的人都说，'中国政治不好，社会不好，眼见得国就要亡了，青年学子非研究新学，改革旧污，不足以救亡'；这话是不对的。要知道就是中国给别国灭了，外国人来做中国的皇帝，我们本来不是中国的官吏，就称'外国大皇帝陛下'，也没有什么不可以；但是到那时候，还该研究我们的古学，不可转旁的念头。"我听了这话，觉得太奇了；便再转述给一个朋友听听。那朋友说："这又何足奇？你看满清入关的时候，一班读书人依旧高声朗诵他的《四书》、《五经》、八股、试帖。那班人的意见，大概以为国可亡，种可奴，这祖宗传下来的国粹是不可抛弃的。现在这位某先生，也不过是'率由旧章’，这又何足奇?”我乃恍然大悟。——但是我要问问一班青年：你们对于某先生的话，究竟以为怎样呢?

【原载一九一八年七月十五日《新青年》第五卷第一号】

十七

有一位留学西洋的某君对我说道：“中国人穿西装，长短、大小、式样、颜色，都是不对的；并且套数很少，甚至有一年三百六十五天，天天穿这一套的；这种寒酸乞相，竟是有失身份，叫西洋人看见，实在丢脸。”我便问他道：“西洋人的衣服，到底是怎样的讲究呢?”他道：“什么礼节，该穿什么衣服，是一点也不能错的；就是常服，也非做上十来套，常常更换不可；此外如旅行又有旅行的衣服，避暑又有避暑的衣服，这些衣服，是很讲究的，更是一点不能错的。”我又问他道：“西洋也有穷人吗?穷人的衣服也有十来套吗?也有旅行避暑的讲究衣服吗?”他道：“西洋穷人是很多。穷人的衣服，自然是不能很多，不能讲究的了；但是这种穷人，社会上很瞧他不起，当他下等人——工人——看待的。”我听完这话，便向某君身上一看，我暗想，这一定是上等人——绅士——的衣服了。某君到西洋留学了几年，居然学成了上等人——绅士——的气派，怪不得他常要拿手杖打人力车夫，听说一年之中要打断好几根手杖呢！车夫自然是下等人，这用手杖打下等人，想必也是上等人的职务；要是不打，大概也是“有失身份”罢！

【原载一九一八年七月十五日《新青年》第五卷第一号】

十八

两三个月以来，北京的戏剧忽然大流行昆曲；听说这位昆曲大家叫做韩世昌。自从他来了，于是有一班人都说，“好了，中国的戏剧进步了，文艺复兴的时期到了。”我说，这真是梦话。中国的旧戏，请问在文学上的价值，能值几个铜子？试拿文章来比戏：二簧西皮好比“八股”；昆曲不过是《东莱博议》罢了，就是进一层说，也不过是“八家”罢了，也不过是《文选》罢了。八股固然该废，难道《东莱博议》、“八家”和《文选》便有代兴的资格吗？吾友某君常说道，“要中国有真戏，非把中国现在的戏馆全数封闭不可。”我说这话真是不错。——有人不懂，问我“这话怎讲？”我说，一点也不难懂。譬如要建设共和政府，自然该推翻君主政府；要建设平民的通俗文学自然该推翻贵族的艰深文学。那么，如其要中国有真戏，这真戏自然是西洋派的戏，决不是那“脸谱”派的戏，要不把那扮不像人的人，说不像话的话全数扫除，尽情推翻，真戏怎能推行呢？如其因为“脸谱”派的戏，其名叫做“戏”，西洋派的戏，其名也叫做“戏”，所以讲求西洋派的戏的人，不可推翻“脸谱”派的戏。那我要请问：假如有人说，“君主政府叫做‘政府’，共和政府也叫做‘政府’，既然其名都叫‘政府’，则组织共和政府的人，便不该推翻君主政府。”这句话通不通？

【原载一九一八年七月十五日《新青年》第五卷第一号】

二八

既然叫做共和政体，既然叫做中华民国，那么有几句简单的话要奉告我国民。

民国的主体是国民，决不是官，决不是总统。总统是国民的公仆，不能叫做“元首”。

国民既是主体，则国民的利益，需要自己在社会上费了脑筋费了体力去换来。公仆固然不该殃民残民，却也不该仁民爱民。公仆就是有时僭妄起来，不自揣量，施其仁爱；但是做国民的决不该受他的仁爱。——什么叫做仁民爱民呢？像猫主人养了一只猫，天天买鱼腥给他吃：这就是仁民爱民的模型。

既在二十世纪建立民国，便该把法国、美国做榜样；一切“圣功王道”，“修、齐、治、平”的鬼话，断断用不着再说。

中华民国既然推翻了自五帝以迄满清四千年的帝制，便该把四千年的“国粹”也同时推翻；因为这都是与帝制有关系的东西。

民国人民，一律平等，彼此相待，止有博爱，断断没有什么“忠、孝、节、义”之可言。

【原载一九一八年九月十五日《新青年》第五卷第三号】

二九

中华民国成立之后，有一班“大清国”的“伯夷、叔齐”在中华民国的“首阳山”里做那“养不食周粟”——他们确已食了民国之粟，而又不能无“义不食粟”之美名，所以我替他照着旧文，写一个“周”字，可以含糊一点，——的“遗老”。这原是列朝“鼎革”以后的“谱”上写明白的，当然应该如此，本不足怪。但是此外又有一班二三十岁的“遗少”，大倡“保存国粹”之说。我且把他们保存国粹的成绩随便数他几件出来：——

垂辫；缠脚；吸鸦片烟；叉麻雀，打扑克；磕头，打拱，请安；“夏历壬子年——戊午年”；“上巳修禊”；迎神，赛会；研究“灵学”，研究“丹田”；做骈文，“古文”，江西派的诗；临什么“黄太史”，“陆殿撰”的“馆阁体”字；做“卿卿我我”派，或“某生者”派的小说；崇拜“隐寓褒贬”的“脸谱”；想做什么“老谭”，“梅郎”的“话匣子”；提倡男人纳妾，以符体制；提倡女人贞节，可以“猗欤盛矣”。

有人说，“朋友！你这话讲得有些不对。辫发，鸦片烟，扑克牌之类，难道是国粹吗？”我说，“你知其一，未知其二。你要知道，凡是‘大清国宣统三年’以前‘支那’社会上所有的东西，都是国粹。你如不信，可以去请教那班‘遗老’、‘遗少’，看我这话对不对。”

国粹何以要保存呢？听说这是一国的根本命脉所在。“国于天地，必有与立”的，就是这国粹。要是没有了这国粹，便不像“大清国”的样子，“大清国”就不能保存了。

那么，我要请问先生们。先生们到今天还是如此保存国粹，想来在贵国“宣统三年”以前，先生们一定也是很保存国粹的了。但是中华民国七年二月十二日那一天，先生们为什么“独使至尊忧社稷”，忍令贵国大皇帝做那“唐虞禅让”的“盛德大业”，不应用这国粹来挽回贵国的“天命”呢？

【原载一九一八年九月十五日《新青年》第五卷第三号】

三〇

适用于现在世界的一切科学、哲学、文学、政治、道德，都是西洋人发明的；我们该虚心去学他，才是正办。若说科学是墨老爹发明的；哲学是我国固有的，无待外求；我国的文学，既有《文选》又有“八家”，为世界之冠；周公作《周礼》是极好的政治；中国道德，又是天下第一？那便是发昏做梦。请问如此好法，何以会有什么“甲午一败于东邻，庚子再创于八国”的把戏出现？何以还要讲什么“中学为体，西学为用”的说话？何以还要造船制械，用“以夷制夷”的办法？

【原载一九一八年九月十五日《新青年》第五卷第三号】

三一

有人说，阳历真是没有道理，什么连端午，中秋都没有了；除夕晚上月亮会圆的：这还成个什么样子？我要问他，有了端午、中秋，有什么用处？除夕晚上月亮圆了，有什么坏处？我的意思，以为端午、中秋，正该废除。若要吃箬壳包的糯米，玫瑰白糖馅儿的圆饼，什么时候都可以吃。现在特别定了这两个日子来吃这两样东西，白白地耗费了两天的光阴，已觉荒唐。何况端午还要挂什么没有做过人的鬼的鬼脸，叫做什么钟馗；中秋还要供什么“兔儿爷”，磕上一阵子头。这简直是疯子胡闹，当然应该废除，当然应该禁止。

【原载一九一八年九月十五日《新青年》第五卷第三号】

三二

前几天，我到中央公园里，忽然看见一班人，在中间的拿了一把钢叉，装出种种怪相，前面有敲锣的人，四周有叫“好——好——”的人，把公共的路堵塞了；好容易等他过去。不料后面又有一班人，前面有敲鼓的人，四周也有叫“好——好——”的人；因为四周围住的人太多，我懒得挤进去“瞻仰”中间这位的“道范”，因此不知道他是装怎样的怪相；这一班人把公共的路又堵塞了；好容易等他过去。我以为这个后面一定没有什么了；不料“柳暗花明又一村”，后面又有更妙的怪相，有一位扮了女人，扭头摆腰，“轻移莲步”，打起了老雄猫叫的腔调，装出种种“娉娉婷婷千娇百媚”的妙相，四周叫“好——好——”的人比前面更多，可是没有人替他敲着锣鼓。这三批人，不但行动极妙，并且还画着极妙的脸。我是学问浅陋，“莫能仰测高深于万一”，想来这总是照着“脸谱”临摹的，和清道人临郑文公碑可以媲美。并且这种红的黑的颜色，长的短的胡子，大的小的脸盘，种种不同，其中必有绝大道理：一脸之红，荣于华衮，一鼻之白，严于斧钺；正人心，厚风俗，奖忠孝，诛乱贼：胥在于是。请问，我这话对不对？

【原载一九一八年九月十五日《新青年》第五卷第三号】

四四

近见上海《时报》上有一个广告，其标题为“通信教授典故”；其下云“……搜罗群书，编辑讲义，用通信教授；每星期教授一百，则每月可得四百余；……每月只须纳讲义费大洋四角，预缴三月只收一元。……”有个朋友和我说：“这一来，又不知道有多少青年学生的求学钱要被他们盘去了。”我答道：“一个月破四角钱的财，其害还小。要是买了他这本书来，竟把这四百多个典故熟读牢记，装满了一脑子，以致已学的正当知识被典故驱出脑外，或脑中被典故盘踞满了，容不下正当知识；这才是受害无穷哩!”

我要敬告青年学生：诸君是二十世纪的“人”，不是古人的“话匣子”。我们所以要做文章，并不是因为古文不够，要替他添上几篇；是因为要把我们的意思写他出来。所以应该用我们自己的话，写成我们自己的文章；我们的话怎样说，我们的文章就该怎样做。有时读那古人的文章，不过是拿他来做个参考；决不是要句摹字拟，和古人这文做得一模一样的。至于古人文中所说当时的实事，和假设一事来表示一种意思者，在他的文章里，原是很自然的。我们引了来当典故用，不是肤泛不切，就是索然寡味，或者竟是“驴头不对马嘴”，与事实全然不合。我们做文章，原是要表出我们的意思。现在用古人的事实来替代我们的意思：记忆事实，已经耗去许多光阴；引用时的斟酌，又要煞费苦心；辛辛苦苦做成了，和我们的意思竟不相合，——或竟全然相反。请问，这光阴可不是白耗，苦心可不是白费，辛苦可不是白辛苦了吗？唉！少年光阴，最可宝贵，努力求正当知识，还恐怕来不及，乃竟如此浪费，其结果，不但不能得丝毫之益，反而受害，——用典故做的文章，比不用典故的要不明白，所以说反而受害，——我替诸君想想，实在有些不值得！

【原载一九一九年一月十五日《新青年》第六卷第一号】

四五

有人说：典故虽然不该用，但是成语和譬喻似乎可以沿用。我说：这也不能如此笼统说。有些成语和譬喻，如胡适之先生所举的“舍本逐末”、“无病呻吟”之类，原可以用得。但也不必限于“古已有之”的，就是现在口语里常用的和今人新造的，都可自由引用；并且口语里常用的，比“古已有之”的更觉得亲切有味。所以“买椟还珠”、“守株待兔”之类如其可用，则“城头上出棺材”也可用，“凿孔栽须”——这是吴稚晖先生造出来的——也可用。至于与事实全然不合者，则决不该沿用。如头发已经剪短了，还说“束发受书”；晚上点的是 lamp，还说“挑灯夜读”；女人不缠脚了，还说“莲步姗姗”；行鞠躬或点头的礼，还说“顿首”、“再拜”；除下西洋式的帽子，还说“免冠”；……诸如此类，你说用得对不对呢？大概亦不用我再说了。——更有在改阳历以后写“夏正”，称现在的欧美诸国为“大秦”者，这是更没有道理了。照此例推，则吃煎炒蒸烩的菜，该说“茹毛饮血”；穿绸缎呢布的衣，该说“衣其羽皮”，住高楼大厅，该说“穴居野处”；买地营葬死人，该说“委之于壑”；制造轮船，该说“刳木为舟，剡木为楫”了。这“茹毛饮血……”，确是成语；但是请问，文章可以这样做吗？如曰不能，且宜知“夏正”、“大秦”和“茹毛饮血……”正是一类的成语呀。照此看来，则成语有可用，有不可用，断断不可笼统说是“可以沿用”的。（譬喻也有可用与不可用两种。）

【原载一九一九年一月十五日《新青年》第六卷第一号】

五〇

王闿运说，耶教的十字架，是墨家“钜子”的变相，钜子就是“矩子”。姑勿论矩的形状和十字架的形状是否一样，就算是一样，请问有什么凭据，知道从中国传出去的呢？就算查到了传出去的凭据，请问又有什么大道理在里头？近来中国人常说：“大同是孔夫子发明的；民权议院是孟夫子发明的；共和是二千七百六十年前周公和召公发明的；立宪是管仲发明的；阳历是沈括发明的；大礼帽和燕尾服又是孔夫子发明的。”（这是康有为说的。）此外如电报、飞行机之类，都是“古已有之”。这种瞎七搭八的附会不但可笑，并且无耻。请问：就算上列种种新道理、新事物的确是中国传到西洋去的。然而人家学了去，一天一天的改良进步，到了现在的样子，我们自己不但不会改良进步，连老样子都守不住，还有脸来讲这种话吗？这好比一家人家，祖上略有积蓄，子孙不善守成，被隔壁人家盘了去；隔壁人家善于经理，数十年之后，变成了大富翁，这家人家的子弟已经流为乞丐，隔壁人家看了不善，给他钱用，给他饭吃，他还要翘其大拇指以告人曰：“这隔壁人家的钱，是用了我们祖宗的本钱去孳生的；我们祖宗原是大富翁哩！”你们听了这话，可要不要骂他无耻？——何况隔壁人家的本钱是自己的，并不是盘了这位乞丐的祖宗的钱呢？

【原载一九一九年二月十五日《新青年》第六卷第二号】

五一

有一位中国派的医生说：“外国医生动辄讲微生虫。其实那里有什么微生虫呢？就算有微生虫也不要紧。这微生虫我们既看不见，想必比虾子鱼子还要小。我们天天吃虾子鱼子还吃不死，难道吃了比他小的什么微生虫倒会死吗?”我想这位医生的话讲得还不好。我代他再来说一句:“那么大的牛，吃了还不会死，难道这么小的微生虫吃了倒还死吗?”——闲话少讲。那位医生自己爱拿微生虫当虾子鱼子吃，我们原可不必去管他。独是中国这样的医生，恐怕着实不少。病人受了他的教训，去放量吃那些小的虾子鱼子，吃死的人大概也就不少。我想中国人给“青天老爷”和“丘八太爷”弄死了还不够，还有这班“功同良相”的“大夫”来帮忙，也未免太可怜了。但是“大夫”医死了人，人家不但死而无怨，还要敬送“仁心仁术”、“三折之良”、“卢扁再世”的招牌给他，也未免太奇怪了。

【原载一九一九年二月十五日《新青年》第六卷第二号】

五二

中国人自己说自己身体的构造，很有生些特别:心在正中，一面一个肝，一面一个肺，这三样东西的位置，和香炉蜡台的摆法一样;这已经很奇怪了。此外还有什么“三焦”，什么“丹田”，什么“泥丸宫”，什么“气”。身体里还有等于金、木、水、火、土的五样东西，连络得异常巧妙。所生的病，有什么“惊风”，什么“伤寒”，什么“春温”、“冬温”，还有什么“痰裹火”、“火裹食”。这样的怪身体，这样的怪病，自然不能请讲生理学的医生来医了。

【原载一九一九年二月十五日《新青年》第六卷第二号】

五五

昨天在一本杂志上，看见某先生填的一首词，起头几句道：——

故国颓阳，坏宫芳草，秋燕似客谁依？笳咽严城，漏停高阁，何年翠辇重归？

我是不研究旧文学的，这首词里有没有什么深远的意思，我却不管。不过照字面看来，这“故国颓阳，坏宫芳草”两句，有点像“遗老”的口吻，“何年翠辇重归”一句，似乎有希望“复辟”的意思。我和几个朋友谈起这话，他们都说我没有猜错。照这样看来，填这首词的人，大概总是“遗老”、“遗少”一流人物了。

可是这话说得很不对；因为我认得填这首词的某先生：某先生的确不是“遗老”、“遗少”，并且还是同盟会里的老革命党。我还记得距今十一年前，这位某先生做过一篇文章，其中有几句道：——

借使皇天右汉，俾其克绩旧服，斯为吾曹莫大之欣。

当初希望“绩旧服”，现在又来希望“翠辇重归”，无论如何说法，这前后的议论总该算是矛盾罢。

有人说：“大约这位某先生今昔的见解不同了。”我说：这话也不对。我知道这位某先生当初做革命党，的确是真心；但是现在也的确没有变节。不过他的眼界很高，对于一班创造民国的人，总不能满意，常常要讥刺他们。他自己对于“选学”工夫又用得很深；因此，对于我们这班主张国语文学的人，更是嫉之如仇；去年春天，我看他有几句文章道：——

今世妄人，耻其不学。己既生而无目，遂乃憎人之明；己则陷于横溷，因复援人入水；谓文以不典为宗，词以通俗为贵；假于殊俗之论，以陵前古之师；无愧无惭，如羹如沸。此真庾子山所以为“驴鸣狗吠”，颜介所以为“强事饰辞”者也。

但是这种嬉笑怒骂，都不过是名士应有的派头。他决非因为眷恋清廷，才来讥刺创造民国的人；他更非附和林纾、樊增祥这班“文理不通的大文豪”，才来骂主张国语文学的人。我深晓得他近来的状况，我敢保他现在的确是民国的国民，决不是想做一“遗老”，也决不是抱住“遗老”的腿想做“遗少”。

那么，何以这首词里有这样的口气呢？

这并不难懂。这个理由，简单几句话就说得明白的，就是：中国旧文学的格局和用字之类，据说都有一定的“谱”的。做某派的文章，做某体的文章，必须按“谱”填写，才能做得像。像了，就好了。要是不像，那就凭你文情深厚，用字得当，声调铿锵，还是不行，总以“旁门左道”，“野狐禅”论。——所谓像者，是像什么呢？原来是像这派文章的祖师。比如做骈文，一定要像《文选》；做桐城派的古文，一定要像唐宋八大家；学周秦诸子，一定要有几个不认得的字，和诘屈聱牙很难读的句子。要是做桐城派古文的人用上几句《文选》的句调，或做骈文的人用上几句八家的句调，那就不像了；不像，就不对了。——这位某先生就是很守这戒律的。他看见从前填词的人对于古迹，总有几句感慨怀旧的话；他这首词意的说明，是：“晚经玉蝀桥……因和梦窗‘西湖先贤堂感旧’韵，以写伤今怀往之情”，那当然要用“故国”……这些字样才能像啊！

有人说：“像虽像了，但是和他所抱的宗旨不是相反对吗？”我说：这是新文学和旧文学旨趣不同的缘故：新文学以真为要义，旧文学以像为要义。既然以像为要义，那便除了取消自己，求像古人，是没有别的办法了。比如现在有人要造钟鼎，自非照那真钟鼎上的古文“依样葫芦”不可。要是把现行的楷书行书草书刻上去，不是不像个钟鼎了吗?

一九一九年三月一三日

【原载一九一九年三月十五日《新青年》第六卷第三号】

寸铁十二则

一

有一个宜兴人，姓徐，他替胡适做了两句诗叫做“跑出西直门，跳上东洋车。”他自以为对于新体的诗模仿得很工。“西”字对“东”字，足见他曾经学过对对子，难得，难得。

二

有人说，白话诗真不成个东西。我说，这话很对很对。你看，近来竟有清国林孝廉的《白话新乐府》《白话劝孝新道情》，上海小时报上“S”的白话诗，上海某报上周瘦鹃的白话诗，和宜兴徐某的白话诗。唉！白话诗还成个什么东西？

三

有人看见什么报上所登的，叫做什么思孟做

的什么《息邪》，气得了不得，说："如此胡说八道，那还了得。我以为蔡、沈、陈、胡、钱、徐、刘诸君，应该起诉才是。"这话我不大赞成，我并非主张"绅士态度"。我以为蔡等诸君该做的事很多，要是耗去宝贵光阴，去和这班人争论，未免太可惜了。就是没有事做，也大可吃杯冰其林（冰淇淋）消消暑，睡它一觉养养神，不还较为值得吗?

四

中国杀人的人，最喜欢做《三字经》，最著名的有三句，叫做"莫须有"、"革命党"、"过激党"。

五

"遗老"们说："中国道德天下第一，道德之中，尤以'孝'字为最有价值。"昨天有人谈论，说："不知这'孝'字究竟值几个大?"我说："你到'小有天'、'醒春居'、'沁芳楼'去打听'杏酪'或'杏仁豆腐'的价值就知道。"（按，杏酪是《白话劝孝新乐府》的出典。）

六

叫做什么《息邪》的文章里，有几句话道："斯养贱役，乐闻其说，莫不色喜。防御稍疏，乘间窃发，一旦介士受惑，太阿倒持，如火斯燎，杯水奚救。"奉告他道："请放心，多打断几根'司的克'（手杖）就不害事了。"

七

日本的无政府党人大杉荣君，打了政府方面的警察，政府仅罚了他日金五十圆。中国的爱国者潘蕴巢君，做了几篇主张爱国的文章，国家的审判厅竟判他坐一年监牢做一年苦工。又中国爱国的学生训斥投降卖国俱乐部的学生，竟被国家的检察厅提了去，受惨无人道的待遇。又中国的爱国者陈独秀君，因为散布爱国的传单，竟被国家的警察厅捉了去，关上两个月，不许人见面。

八

那些自命为"折衷派的文学家"，一面在那里摇头晃脑，读所谓"骈文"，读他的什么"古文"，做几篇《题……太史……图序》，或《……三月三日……修禊序》，或《……公……行状》或《清故……总督……巡抚……公神道碑》；一面逢人便道，“文学是要革新的”，“我不反对白话文”。这种蝙蝠派的文人，我以为比清室举人林纾还要下作。

九

析产的时候，对于老子拍桌大骂，眼红筋粗，要比兄弟多拿几个钱，多占几所房子。“风流”的时候，叫铜匠配了钥匙，偷开老子的银箱，拿上成百成千的洋钱，去付嫖赀赌债。这都不算什么，只要老子一旦死了，把“罪孽深重，祸延显考”，“亲视含敛，遵制成服”，“抢地呼天，百身莫赎”，“苫块昏迷，语无伦次”，“不孝孤子，泣血稽颡”……几个字照例写了，高孝帽、哭丧棒之类照例戴了、拿了，那孝子的资格便具备了。哈哈！

十

我前几天看见一个警察提住一只狗，拿佩刀砍下一条狗腿。昨天又看见一个警察，拿住佩刀，向狗肚子里一刺，等他拔了出来一看，真应了旧小说里的两句话，叫做“白刀子进去，红刀子出来”。我看了，想起去年有一个朋友对我说：“听见一个人在那里大骂，说：‘什么人道主义，也有人讲了，那还了得’。看来此公是讲兽道主义的了。”我以为这两位警察，正该讲讲兽道主义才是哩。

十一

有一个人说人家“读小学校的教科书”，他自以为这是挖苦人到了尽头了。其实，中国人很该读读小学校的教科书，或者可以知道一点普通的知识，要是单会套两句“桓公五年左传”里“郑庄公”的话，是不够事的。

十二

伏先生：今天的《寸铁》栏中，先生对于我主张蔡先生等不值得同什么“思孟”去争论的意思，有些不以为然。我现在先要声明，我十四日那块“寸铁”，并非对于先生八日那块“寸铁”而发的。因为那篇《息邪》发见以后，有个朋友主张，蔡先生应该起诉。我对于这个意见很不以为然，所以炼了十四日那块“寸铁”，写给《国民公报》。现在先生所说的“他们感化力薄弱”，并且要他们想法，“使思孟不再做思孟，并使世界上从此再没有思孟出现”，这话我却极端赞成。我以为蔡先生等两年来所做的事业，都是想“使世界上从此再没有思孟出现”，可是方法能否达到目的，我们却要帮他留意的。（感化力却还有不够的地方，要不然就不至于有七月十六日的“吃饭”了。滋味好的食品很多，何以单想吃什么“湖”的“鱼”呢。）至于思孟这个人，我虽不敢一口断定，说他一定不能救济，但是陷溺已深，恐怕感化甚难。我们局外人，除了口诛笔伐，有什么法子想呢。至于思孟所要“息”的诸“邪”，我以为他们应该干“使世界上从此再没有思孟出现”的事业。对于思孟，只好用耶稣临钉死时的话道：“父阿，赦免他们，因为他们所做的事，他们不晓得。”（《路加福音》二十三章三十四节）就此完事了。我对于先生今天那块“寸铁”的意见是这样的。至于我反对起诉的话，是因为就是要起诉，也应该向“法庭”起诉的，若诉“思孟”于“思孟”，那比伯夷老爹说的“以暴易暴”，和孟二哥说的“以燕伐燕”还要无谓，所以我很反对，随便写了几句，和先生谈谈，先生以为怎样？

异白 八月十五日

【原载一九一九年八月十三日、十四日、十六日《国民公报·寸铁》】

我对于耶教的意见

廷芳先生：

先生问我对于基督教的意见，我现在用最老实的话奉答如下：

（一）我认耶稣基督是一千九百年以前一个倡导博爱、平等、牺牲各主义的伟人，他并且能自己实行。但我只相信他是一个木匠——约瑟——的儿子，绝对不相信那“圣灵感生”的话。

（二）基督教义中最精要之点，我以为是《马太福音》第五章的《山上垂训》。托尔斯泰把它定为——

勿愤怒，

勿奸淫，

勿起誓，

勿以暴制暴，

爱你的敌人。

五大教律，用文艺——戏剧和小说——来详细说明此理，已将基督教的根本要旨发挥尽致，更无余蕴。

（三）凡《新约》中种种不合科学的话，我认为是一千九百年以前的人的知识，我们现在不可再去崇信遵守它，但也不必去谩骂排斥它，——因为一千九百年以前的人只能有如此的知识，——尤其不可用近代发明的新科学去附会它。

（四）《新约》中对于道德的见解，有不适用于现代社会的，我们也不可再去崇信遵守它；因为道德不是固定的，是应该"因时制宜"的。《新约》中的道德见解是一千九百年以前的人规定的，正如《论语》中的道德见解是二千五百年以前的人规定的；拿现代的眼光来评判他们，虽未必一无可取，但决不是完全适用的。

（五）耶稣基督虽是一个能实行博爱、平等、牺牲各主义的伟人，但千余年来的基督教徒能实行基督教义的却很少很少。其故由于他们只知崇拜基督，遵他为"上帝之子"，而不敢以基督自居。我以为基督的可佩服，是由于他打破旧习惯，自创新说，目空一切，不崇拜谁的革命精神；基督教徒不学他的革命精神，却一味去崇拜他，这真是基督的罪人。

（六）我对于《旧约》，认他是古代的历史

和文艺，与基督没有多大关系，正如中国的《六经》，也是古代的历史和文艺，与孔丘没有多大关系一样。

总而言之，我承认基督是古代一个有伟大和高尚精神的“人”，他的根本教义——博爱、平等、牺牲——是不可磨灭的，而且是人人——尤其是现在的中国人——应该实行的；但他究竟是一个古代的人，是一个世界尚未交通时代的人；他的知识和见解，断不能完全支配现代的社会。我们对《新约》，应该用历史的眼光去研究，不要有“放诸四海而皆准，行之万世而不惑”的观念。

我的朋友陈独秀先生做过一篇《基督教与中国人》，登在《新青年》第七卷第三号中。我对于他这篇文章的话，句句都以为然。现在抄他最重要的几段：

我们今后……要把耶稣崇高的伟大的人格和热烈的深厚的情感培养在我们的血里，将我们从堕落冷酷黑暗淤泥坑中救起。

中国社会麻木不仁，不说别的好现象，就是自杀的坏现象也不可多得，文化源泉里缺少情感至少总是一个重大的原因。现在要补救这个缺点，似乎应当以“美”与“宗教”来利导我们的情感。离开情感的伦理道义，是形式的不是里面的；离开情感的知识，是片段的不是贯串的，是后天的不是先天的，是过客不是主人，是机器柴炭不是蒸气与火。“美”与“宗教”的情感，纯洁而深入普遍我们生命源泉的里面。我主张把耶稣崇高的伟大的人格和热烈的深厚的情感培养在我们的血里，就是因为这个理由。

基督教的“创世纪”、“三位一体说”和各种灵异，大半是古代传说的附会，已经被历史学和科学破坏了，我们抛弃旧信仰，另寻新信仰。新信仰是什么？就是耶稣崇高的伟大的人格和热烈的深厚的情感。

我们应该崇拜的，不是犹太人眼里四十六年造成的神殿（《约翰传》二之二十），是耶稣心里三日再造的比神殿更大的本尊。我们不用请教什么神学，也不用依赖什么教仪，也不用借用什么宗派；我们去敲耶稣自己的门，要求他崇高的伟大的人格和热烈的深厚的情感与我合而为一。

耶稣教我们的人格情感是什么？①崇高的牺牲精神；……②伟大的宽恕精神；……③平等的博爱精神；……这就是耶稣教我们的人格，教我们的情感，也就是基督教的根本教义。这种教义，科学家不曾破坏，将来也不会破坏。

我的朋友周启明先生做过一篇《宗教问

题》，登在《少年中国》第二卷第二一号中。他这篇文章是泛论一切的宗教，但我以为拿他来专论基督教，更觉切合，现在抄他几句结论：

将以上的话，总起来看，觉得文学与宗教确是相合的。所以觉得宗教无论如何受科学的排斥，而在文艺方面仍然是有相当的位置的。这并不是赞扬宗教，或是替宗教辩护，实在因为他们的根本精神确是相同。即便所有的教会都倒了，文艺方面一定还是有这种宗教的本质的情感。至于那些仪式当然不在我们论断之列。

我因为陈周二先生这几段话，字字都是我要说的，可是我的文笔太坏，不能说得那样精细，而且二先生已经先我而说了，我所以就把他们的话抄来当作我的主张。

我还有几句要忠告中国现在的基督教徒的话：你礼拜上帝和奉行种种教义，在我个人的主张虽然认为这是“莫须有”的，但你们既受洗礼，既做教徒，当然服从教义，就这一点论，我是不来反对的。有人说：“基督教徒做民国的官，应该服从民国的法律，就应该祀孔祀关岳。”这是什么话！请问民国的约法上曾经规定要祀孔祀关岳吗？什么“丁祭”“戊祭”这类鬼把戏，都是国贼袁世凯等人的非法行动！基督教徒真要守民国的法律，那就绝对不应该去祀孔祀关岳！

一九二二年二月二十三日

【原载一九二二年四月号《生命月刊》】

“五四”与“游园”与“放假”

我想，大家看了这个题目就要联想到从前科举时代相传的“君夫人，阳货欲”和“则将搂之乎？曹交”这类“无情的截搭题”，要说我故意写这离奇而且牵强的题目来蒙人，和香烟的广告一般。

但我却不能负这责任。为什么呢？别忙！请先看下列的某某两个学校的信：

a“迳启者：五月四号（金曜日）公府开学界游园会，本校停课一日，并送游园证，请查收。此颂教绥。”

b“本月四日（星期五）上午八时起，总统府开游园会。本校学生须佩带徽章，结队，由职教员率领前往。是日本校停课一天。特此通告。”

这两封信，便是我这题目的根据。

放假这件事，本来没有什么大意义。但若因为纪念一件有价值的事而放假——十月十日的讨清廷纪念，一月一日的民国政府成立纪念，二月十二日的清廷推翻纪念，十二月二十五日的讨袁逆纪念，六月三日的讨张逆纪念等——这是有道理。此外如废历的元旦，端午，中秋和国历的冬至，也要放假，已经很没有道理了，不过废历元旦虽然道理上极应该废止，但大多数的民国国民一时还不肯向上，一定要在那个时候做种种结束的事，则在最近的短时间内暂时屈就他们，或者也是不得已的办法。至于废历八月二十七日那天，要放了假，叫民国的活人去向那已经死了二千七百多年的孔二太爷去拜阴寿，这便是很荒谬的事了；北京大学和孔德学校从去年起，废止这放了假去拜阴寿的举动，这是极不错的。

五月四日是“五四运动”的纪念日。“五四运动”是近年来很有价值的一件事。要是学校为它而放假纪念，这便和“双十”等等纪念可以认为有同样的道理的。不料这个纪念没有放假，竟为了什么“游园”而放假一天！这却是“意表之外”的奇谈了！依此例推，则逛新世界、城南游艺园，也该放假了。真是奇谈！真是奇谈！

讲到那个“园”，本是一个公共的地方，无论什么人，无论什么时候，都可以去“游”的。不料被那个什么“府”不顾公德的将它霸占了去！霸占了去倒也罢了，偏偏还要效法前代独夫民贼“子惠元元”，“与民同乐”的意思，说什么“开放”，什么“游园”！哼！

他们说这样“驴头不对马嘴”的话，本是“意表之中”的事；但有些学校竟因此而放假，我总觉得在“意表之外”了。

我这篇“无情的截搭题”的文章，已经做了七百字光景，很合于考秀才的八股文的字数，本来可以算完了。但因b信中的话，又想起一本什么书中的一首诗来了，便将它写在下面，做个结束：

姑苏太守口口口（这三个字记不起了），排了道子看梅花。梅花忽地开言道：“小的梅花接老爷！”

一九二三年五月三日

【原载一九二三年五月七日《晨报副刊》】

随感录五则

不通的外行话

十一月十四日北京有几种新闻记载所谓“清室善后”的事件（文章彼此都是相同的），其中有这样一句话：“散氏盘系清初阮文达公（元）所献，系上古三代时物。”

把阮元搬到“清初”去，已经够外行了。而“上古三代”四字，则不但外行，而且真是不通之至！什么叫做“上古三代”!？即使讲句外行话，说此中共有四个时期，那就要问，一个散氏盘怎么会跨四个时期？难道它也像“猪仔”那样会跨党吗？

有人说，此公大概把严可均的《全上古三代秦汉三国六朝文》的书名的第二至第五个字误解了。我说，这倒未必。知道世界上有一个姓严的编纂过这样一部书的人少得很ㄎㄚ。是故总而言之，外行而已矣，不查而已矣。

“清室溥仪”

此番黄郛等毅然决然地取消爱新觉罗·溥仪的帝号，是极不错的。但所谓“国务院令”也者之中有“清室溥仪”的称谓，实在颇有语病。所谓取消清帝的称谓也者，乃是把“帝”和“清”同时取消也。总而言之，爱新觉罗·溥仪其人乃是中华民国国民的一分子，他在五族之中属于满族，如是而已。他或者依满人的惯例，单称名目“溥仪”，可也；或者依汉人的惯例，连名带姓而称为“爱新觉罗·溥仪”，亦可也。无论如何，总不应再加上“清”字。夫有“帝”而后有“清”；“帝”之不存，“清”将焉附？溥仪这家人家只应称为“爱新觉罗氏”，与其他的满人之“瓜尔佳氏”、“钮祜禄氏”等等一样，与汉人之“张氏”、“李氏”等等一样，与回人之“哈氏”、“马氏”等等一样，……。如果爱新觉罗·溥仪可以称“清室溥仪”，其他的满人也可称“清室某某”，汉人也可称“民室某某”，回人也可称“阿室某某”，……这行吗？！

“清君侧”

北京有一种日报，天天痛骂外国的“法治”

而提倡三代的“德治”（!!!）。此番冯玉祥班师回京，捉了李彦青去；该报发行号外，竟称为“清君侧”哈哈！他们竟认曹锟为“君”！妙ㄨㄚ妙裹ㄨㄚ！

夫主张“德治”，乌可无“君”？而事实上竟无“君”也（虽然尚有所谓“大清皇帝”也者在），则虽欲不权认总统为“君”，其可得耶！盖彼“曹大总统”（?）者，纵非该报所爱戴，然固自承为大总统者也。於戏！旨深哉！

《尚书》和《易经》为祟

日前我跟着一班人进神武门看贴封条，一路走去，但见东一个什么门，西一个什么殿，又是许多什么宫，还有好些什么匾额对联之类。这上面的名目和字句，十之九出于《尚书》和《易经》（《尚书》尤多）。一部文理不通的断烂朝报，一部妖气满纸的龟版神数，居然大显其灵，帮助了二千多年的独夫民贼，给他们大搭其臭架子；居然压服了二千多年的忠臣贱儒，叫他们扁扁服服地恪守其奴才之本分！於戏！非具有“特别国情”，乌克臻此！

“持中”的真相之说明

有些人们说，欧洲人“向前”，印度人“向后”，都不如中国人“持中”的好。我因此想起某书上记着一副挖苦叶名琛的对联：

不战，不和，不守；

不死，不降，不走。

我觉得这大概可以作为“持中”的真相之说明了。

【原载一九二三年十一月二十四日《语丝》第二期】

中山先生是“国民之敌”

我也和林玉堂先生一样，以为“近日论孙中山，哀孙中山，悼孙中山的文章也尽够多了，我又何必来照例做无谓的文章以扰读者?”（林文见《猛进》第五期。）但我一向总觉得孙先生是“国民之敌”；这个意思，我现在却要说它一说。

孙先生以国民之导师自任，大家也都公认他是国民之导师。我不但认孙先生是国民之导师，我并且希望国民奉孙先生为导师。但从事实上观察，截到现在为止，孙先生确乎还是“国民之敌”。

“国民之敌”，是丨ㄅㄙㄣ本戏剧名著的名目。戏里的主人翁古ㄊㄎㄚㄙㄙㄊㄛㄎㄇㄢ医生发现了本地浴场的水里有传染病菌，想要去改良它。不料浴场董事会和一班股东们因为改造浴场要耗损资本，所以拼死反对去ㄙㄊㄛㄎㄇㄢ，地方上又都是些没有眼睛，只会盲从附和的人，于是ㄍㄨㄞ丨ㄅㄠㄗㄨㄟ竟被市民大会宣告为“国民之敌”（以上抄自潘介泉先生的《易卜生传》）。

孙先生就是这样的一个“国民之敌”。

国民要大清皇帝或真命天子坐在金銮殿上；孙先生偏要排满，而且还要废除皇帝。国民要爬在清天大老爷的公案下面，褪下裤子，等着打屁股；孙先生偏要叫人民去管理政事。国民以富人享福而穷人受罪为天经地义，孙先生偏要来主张平均地权，节制资本。国民安于晴天踏香炉，雨天踹酱缸，刮风时闻“七香散”，粪便四溅，泔水激扬这种“精神文明”；孙先生偏要来鼓吹物质文明。国民最爱吐痰，放屁，留长指甲，不洗牙齿；孙先生偏要劝大家把修身的工夫做得有条有理（《民族主义》第六讲，第一三〇页 — 一三三页）。国民甘心做驮“不识不知，顺帝之则”和“民可使由之，不可使知之”这两块大石碑的赑屃；孙先生偏要叫他们“知”（《孙文学说》一书，几乎全部都述此义）。国民愿意苟安旦夕，喜欢维持现状；孙先生偏要提倡奋斗，主张革命。其他国民要如彼，孙先生偏要如此，说起来真是更仆难终，ㄍㄨㄞㄧㄅㄠㄗㄨㄟ一句话，国民要静坐或倒退，而孙先生要抖擞精神地跑，而且要向着寥廓无尽的前途不息地跑。

孙先生这种精神，真是我们这疲癃老朽的民族起死回生的唯一圣药；他具有这种圣药，他当然是一位良医。可是有祖传痼疾的国民们，是以做“膏肓间二竖子之伥”为天职的，见了良医，便咬牙切齿，不与共戴天；他活着，他们咒他死——咒他不得好死；他死了，他们于是乎大乐——但因必要，故又在笑眼中挤眼泪。

有人说我这话过火吗？我绝对不承认。我只承认我的文笔太笨拙，不会描写他们这种鬼心思百分之一二而已。谓予不信，请闭目一想：不是孙先生发表远大的建国方略，他们便说是“大炮”吗？不是孙先生实行救国救民的事业，他们便说是“捣乱”吗？只此两个名词，便如见其肺肝了。人焉廋哉！人焉廋哉！

这不是孙先生是“国民之敌”的铁证吗？

老实人于是驳我道：这是过去的事。近数月来，颂扬孙先生者日见其多，可见国民渐渐明白了。我们应该“与其洁也，不保其往也”才是。

我乃哈哈大笑道：您别傻ㄌㄚ！您看十三年前称孙先生为“孙汶”的，十年前散布《孙文小史》的，六七年前称他为“民贼孙文”的，半年前还是称他为“孙大炮”的，“近数月来”，都亲亲热热地叫起“中山先生”来了，甚而至于叫起“元勋”“伟人”这一类的字样来了！最奇妙者，竟有一位姓“清”名“室”的人，居然也送花圈到社稷坛去，居然对于十三年前他想拿来处以极刑的“孙汶”称起“孙中山先生”来！！！（岂独令人“肌肤起粟”，简直要“毛骨悚然”!）这是什么缘故？老实说吧，全是为了“段执政”近来和孙先生有了往还哪（虽然……）。要是……，他们马上就……。谓予不信，请到昆骞国王那儿去查民国元年孙先生来京时和二年二次革命失败后的流水账簿。

我写到这里，没有勇气再想下去了，且引一段话来结束此文：

“孙文来了，怎么好！听说这回是段执政约他来的，他许不至于捣乱吧！”

这话是去年年底孙先生扶病到京之日，我在一个饭馆子里吃饭，一位伙计低声向我说的。

一九二五年四月五日

（声明）文中所说的国民，是指国民全体中的最大部分而言，并非指国民全体。如有人自己觉得不像此文中所说的国民那样，则我所说的就不是足下，请足下不必脸红。为免除“超老实人”误解计，特此郑重声明。

【原载一九二四年四月二十三日《语丝》第二十二期】

孔家店里的老伙计

“打孔家店的老英雄”(?)做了二十七首臭肉麻的歪诗，忽被又辰君发，写了几句“冷嘲”的介绍话，把它登在四月九日的《晨报副刊》上，拆穿该“老英雄”(?)欺世盗名的西洋镜，好叫青年不至再被那部文理欠亨的什么《文录》所诱惑，当他真是一位有新思想的人。又辰君这种摘奸发伏的行为，我是极以为然的。

但有人以为这二十七首歪诗固然淫秽不堪，真要令人作呕三日；可是那部什么《文录》，毕竟有“打孔家店”的功绩。我们似乎只可说他现在痰迷心窍，做这种臭肉麻的歪诗，不能因此便抹杀他从前“打孔家店”的功绩。

说这样话的人，也是一种“浅陋的读者”罢了。那部什么《文录》中“打孔家店”的话，汗漫支离，极无条理；若与胡适、陈独秀、吴敬恒诸人“打孔家店”的议论相较，大有天渊之别。我有一个朋友说，“他是用孔丘杀少正卯的手段来杀孔丘的。”我以为这是对于什么《文录》的一针见血的总批。

孔家店真是千该打，万该打的东西；因为它是中国昏乱思想的大本营。它若不被打倒，则中国人的思想永无清明之一日；穆姑娘（Moral）无法来给我们治内，赛先生（Science）无法来给我们兴学理财，台先生（Democracy）无法来给我们经国惠民；换言之，便是不能“全盘受西方化”；如此这般的下去，中国不但一时将遭亡国之惨祸，而且还要永远被驱逐于人类之外！

但打孔家店之先，却有两层应该弄清楚的：

一，孔家店有“老店”和“冒牌”之分。这两种都应该打；而冒牌的尤其应该大打特打，打得它一败涂地，片甲不留！

二，打手却很有问题。简单地说，便是思想行为至少要比冒牌的孔家店里的人们高明一些的才配得做打手。若与他们相等的便不配了。至于孔家店里的老伙计，只配做被打者，决不配来做打手！

真正老牌的孔家店，内容竟怎样，这是很不容易知道的。我完全没有调查过它，不能妄说。不过这位孔老板，却是纪元前六世纪到前五世纪的人，所以他的宝号中的货物，无论在当时是否精致、坚固、美丽、适用，到了现在，早已虫蛀、鼠伤、发霉、脱签了，而且那种野蛮笨拙的古老式样，也断不能适用于现代，这是可以断定的。所以把它调查明白了，拿它来摔破，捣烂，好叫大家不能再去用它，这是极应该的。近来有些人如胡适、顾颉刚之流，他们都在那儿着手调查该店的货物。调查的结果能否完全发见真相，固然不能预测；但我认他们可以做打真正老牌的孔家店的打手。因为他们自己的思想是很清楚的，他们调查货物的方法是很精密的。

至于冒牌的孔家店里的货物，真是光怪陆离，什么都有。例如古文、骈文、八股、试帖、扶乩、求仙、狎优、狎娼……三天三夜也数说不尽。自己做儿子的时候，想打老子，便来主张毁弃礼教；一旦自己已做了老子，又想剥夺儿子的自由了，便又来阴护礼教：这是该店里的伙计们的行为之一斑。“既明道术，兼治兵刑，医国知政，同符古人，藉术自晦，非徒已疾”；“盖医为起百病之本，而神仙所以保性命之真，同生死之域，荡意平心而游求其外”；“医国之道，极于养生”；“冥心虚寂，游神广漠，玉楼金阙，涉想非遥，白日青云，去人何远?”（看什么《文录》第十五页）：这是该店里的伙计们的思想之一斑。这一类的孔家店，近来有几位打手来打它了，如陈独秀、易白沙、胡适、吴敬恒、鲁迅、周作人诸公之流是也。上列诸人，也都是思想很清楚的，我认他们配做打手。

怎样的思想才算是清楚的思想呢？我毫不躲闪地答道：便是以科学为基础的现代思想。惟此思想才是清楚的思想。此外则孔家店（无论老店或冒牌）中的思想固然是昏乱的思想，就是什么李家店、庄家店、韩家店、墨家店、陈家店、许家店中的思想，也与孔家店的同样是昏乱思想，或且过之。还有那欧洲古代的思想和印度思想，一律都是昏乱思想。所以若是在李家店或韩家店等地位来打孔家店，实在不配！孔家店里的伙计们，只配被打，决不配打孔家店，这是不消说得的。他们若自认为打孔家店者，便是“恶奴欺主”；别人若认他们为打孔家店者，未免是“认贼作子”了！

狎娼，狎优，本是孔家店里的伙计们最爱做的“风流韵事”。你们看《赠娇寓》：“英雄若是无儿女，青史河山尽寂寥”；“惹得狂奴欲放颠，黄金甘买美人怜”（尤其妙的是“好色却能哀窈窕”这真是“童叟无欺”的孔家店中的货物）。你们再看什么《诗集》的附录的什么词：“笑我寻芳嫌晚”；“尽东山丝竹，中年堪遣。”这些都是什么话！什么“打孔家店的老英雄！”简直是孔家店里的老伙计！“人焉廋哉！人焉廋哉！”

孔家店里的老伙计呀！我很感谢你：你不恤

用苦肉计，卸下你自己的假面具，使青年们看出你的真相；他们要打孔家店时，认你作箭垛，便不至于“无的放矢”；你也很对得起社会了。

末了，我要学胡适之先生的口吻：“我给各位中国少年介绍这位‘孔家店的老伙计’——吴吾!”

【原载一九二四年四月二十九日《晨报副刊》】

《吴虞先生的来信》的“读后感”

我写这篇杂感，想不出题目来，所以便用了“读后感”这个时髦——或者已经过时了——的名称。

这篇杂感，本可以不做，因为《吴虞先生的来信》本不是给我的。他这封信虽然好像是对于我那篇《孔家店里的老伙计》的答辩，但他并未曾把我的话驳倒一句，所以我本不必再来讲话。但是《吴虞先生的来信》的话太妙了，我读了之后，实在手痒难熬，忍不住要来写一篇杂感。

原信云：“顷阅贵报副刊杂感栏大著一篇。”按：吴先生的信是写给“晨报记者先生”的。我是一个投稿的人，那篇杂感是我做的。吴先生因为它登在《晨报副刊》上就认为“晨报记者先生”的“大著”，这未免是“张冠李戴”了。听说吴先生在北大讲授诸子之文，我要忠告吴先生，你讲书的时候，可要注意些。假如你讲《庄子·齐物论》中南郭子綦的“大块噫气，其名为风”二语，你若因为它在《庄子》书中，便说这是庄周的话，那就错了呵！

原信云：“浅陋昏乱，我原不必辞；不过蔡孑民、陈独秀、胡适之、吴稚晖他们称许我皆谬矣。”按：蔡、陈、胡、吴诸君固然是新思想的先觉，但他们也未必全无“谬”论。吴先生的议论是“浅陋昏乱”，还是值得“称许”，应该看它的自身而定；它固然不因XY不“称许”它而羞辱，却也未必因蔡、陈、胡、吴诸君“称许”它而加荣啊！

我说冒牌的孔家店里的货物有“古文、骈文、八股、试帖、扶乩、求仙、狎优、狎娼”，这不过是随便举例罢了；所以“娼”字下尚有不尽号之“……”，又说“三天三夜也数说不尽”，这本是包括二千年来的“读书人”（无论自命为儒者或自命为非儒者）的思想而言。我并没有说这许多昏乱思想皆备于吴先生一人之身，这是从文理上可以看得明白的。所以吴先生既“不知古文”，“骈文实无所知”，“八股试帖全无所知”，“扶乩求仙生平不解”，则尽可不必一一辩解。（信中“不敢冒认为古文”一语，文义未安，疑有脱误。）

我们现在对于《国语》、《汉书·艺文志》、《陶弘景传》（原信“弘”作“宏”；吴先生不是“遗老”，似不必避前清的“庙讳”）这些书，只有两种处置法：一是送给思想清楚的人们做“中国昏乱思想史”的史料；一是照吴稚晖先生的办法，把它们扔到茅厕里去。除此以外，一无用处。至于严又陵，他虽然偶尔说过几句较为清楚的话，但他的昏乱话很多。即如“医国之道极于养生”这一句，便昏乱得很。研究政治是一件事，研究医学又是一件事，讲求卫生又是一件事；把它们连串起来，做成这样八个字的文章，便好像这是“三位一体”了，这真是昏乱之尤的思想，昏乱之尤的文章！原信云“此乃为文，非同学说，有所主张信仰。”哈哈！原来“为文”与“主张信仰”是不相干的。然则“打孔家店”的人“为文”时尽可赞扬孔丘，主张文学革命的人“为文”时尽可表彰古文，反对多妻制的人“为文”时尽可为妾媵制张目，信仰“科学的人生观”的人“为文”时尽可替“玄学鬼”辩护了。反过来说：洪宪皇帝“为文”时尽可反对帝制，唐焕章“为文”时尽可痛辟去年中秋以后天地要混沌之说了。——有人说：“你真傻了！‘为文’与‘主张信仰’不符，正是孔家店里的伙计们的态度啊。”我说：对啊对啊！我不再说下去了。（原信中“以医道活人之术救治人”一语，我实在看不懂。）

原来“人不聊生，朝不保夕”的时候，那些“年七十”与“年六十余”的“诸老先生于忧患之中”可以狎优而“藉资排遣”的。大概狎了优，“人”就“聊生”了；狎了优，“朝”就可“保夕”了！哈哈！奇乎不奇！这且不论。我要问，优伶也是“不聊生”的“人”？他“于忧患之中”若要想“排遣”，可以用什么来“藉资”？——啊！我又错了！拿优伶和“年七十”与“年六十余”的“诸老先生”相比，本是孔家店中的人所不许的啊！信中还有一句妙不可言的妙语：“岂尚有肉欲之可言哉！”原来对于优伶，只要没有“肉欲之可言”，便无论说什么臭肉麻的话，都是可以的。此殆所谓“心理上之赏爱，非生理上之要求”乎！哈哈！

原信云：“吴吾之诗，自有吴吾负责，不必牵扯吴虞。犹之西滢之文，自有西滢负责，不必牵扯陈源也。”妙啊！妙啊！我再给吴先生加几个例吧：饮冰之文，自有饮冰负责，不必牵扯梁启超也；孑民之文，自有孑民负责，不必牵扯蔡元培也；精术之文，自有精术负责，不必牵扯汪兆铭也；稚晖之文，自有稚晖负责，不必牵扯吴敬恒也；……又云：“若定指吴吾即吴虞，我也不推辞。”敬闻命矣！

原信云：“我非讲理学的，素无两庑肉之望”，这的确是孔家店里老伙计的口吻。孔家店里的伙计本有两种：一种是不玩相公，不逛窑子的（或者暗中玩玩逛逛也未可知）；他们非不爱玩，非不爱逛，以“有两庑肉之望”也。一种是相公也爱玩，窑子也爱逛，以“无两庑肉之望”也。故苟“无两庑肉之望”者，尽可作“绮艳之词”，尽可“寻芳”，尽可“买美人怜”。至于“芳”是什么东西，“美人”是什么东西，那些人和自己是否同是人类，是否同有人权：这些问题，本非孔家店里的伙计的脑子所有的。

原书云：“中国人诗词戏曲，痰迷者，真汗牛之充栋。足下能一一举正之乎？”按，这些“汗牛之充栋”的“中国人诗词戏曲”，我们本不屑去“举正”它；最干脆的办法，惟有照吴稚晖先生的话，把它尽数扔在茅厕里。至于这句话中“足下”二字，不知是指谁。若是指我，则我并非“晨报记者先生”；若指“晨报记者先生”，则那篇杂感并非他们做的。吴先生：你又闹错了！原信又举及梁〇〇、蔡松坡、陈独秀、黄季刚之“遗韵”（“遗韵”二字用于活人，似乎欠妥），不知何意。（梁〇〇究是何人？何以四人之中惟此公应该避讳？）难道吴先生因为他们有“遗韵”，所以自己也不妨有“遗韵”吗？又此节之末有“不必曰各行其是，各行其非可耳”一语，真使我“思之累日不解”。看官们！你们有懂的这句话怎样解法的吗？

我原文中“自己做儿子的时候……”数语，

本未曾指明这是吴先生的行为。吴先生既未曾“想”打老子，又没有儿子，又未曾阴护礼教，那就与我所说的无关了。至于我所说的那一种人，实在是有的。他们从前因为自己受父母的管束，便气得不得了，痛骂礼教之害人。现在他们看了自己生的儿女（我那文中所谓儿子，本是兼包男女而言；不过这种讲法，又必非孔家店里的伙计所许可耳）不受管束，便觉得这都是中了外国的新学说的毒，同时又觉得“中国自有特别国情”，如汉宣帝所云：“汉家自有制度”，这些“国情”与“制度”，实非保存不可；但自己仍不得不藉口破坏礼教以便私图，这便叫做“阴护礼教”。

周作人、马叙伦诸先生的思想清楚不清楚是一件事，吴虞先生写信给“晨报记者先生”又是一件事。这两件事真是“风马牛不相及”的啊！

【原载一九二四年五月六日《晨报副刊》】

答洓生君

因为“在现在，‘尊王室’‘平天下’、……等等的话头自然不适于用”，所以“以现在的眼光斥从先的著作为毫不足取”，是应该的，毫不“太过”。

因为“此一时，彼一时”，所以“四千年来的文化，给我们的”，的的确确“仅是告诉我们，他自身是碎纸”。

“重新估价”，“自然”是“应当”的，“未常(?)不可练(?)出金子来”，却未可随便愚断。

旁的话，没有闲工夫奉答了。

附：浅陋的话

洓生

今天又打开四月份的副刊，将以前拜读过的《孔家店里的老伙计》重读一遍。

我们虽然自信不是怎样思想荒谬的人(已经请医生检查过，的确没有“痰迷心窍”)，然而妙文当前，总不觉自惭浅陋。

固然，我决不是为昏乱如吴吾的辩护，更不敢拜到孔家店里去学徒，作些《赠娇寓》之类的诗，只是对于XY君的科学的科学思想有所疑问罢了。

说吴学究是“痰迷心窍”则可（这自然也不免称为浅陋），若因之便气愤填胸地骂孔老夫子的思想是“中国昏乱思想的大本营，它若不被打倒则中国人的思想永无清明之一日”，也未免失之过火。

在现在，“尊王室”“平天下”……等等的话头，自然不适于用，然而此一时，彼一时，以现在的眼光斥从先的著作为毫不足取，未免太过，四千年来的文化，给我们的仅是告诉我们，他自身是碎纸吗？自然应当重新估价，沙内未常不可练出金子来。总之，现在奉四千年前的旧话，作不传之秘的，自是呆鸟，而迷信“全盘受西方化”的也未必是聪明人。

孔家店本是由“吾家博士”看《水浒》高兴时，擅替二先生开的，XY先生便以为着重点，论得“成篇累牍”，以思想比货物，似乎不怎样恰当。

这篇文章，自然是妙文，然而思想方面同“胡适论”式馊文章，八两半斤，都是“千该打，万该打的东西”。

【原载一九二四年五月二十日《晨报副刊》】

恭贺爱新觉罗·溥仪君迁升之喜并祝进步

人，总应该堂堂地做一个人，保持他的人格，享有他的人权，这才是幸福。一个人要是沦为强盗、瘪三、青皮、痞棍、土豪、地主、王爷、皇帝等等，他们的生活方面虽大有贫富苦乐的不同，但其丧却人的地位则完全一致，我认为这都是些不幸的人们。这些人们因为自己不幸而丧却人的地位，于是便不能完全享有人权，于是常常要做出许多没有人格的事来，于是好好地人们便要遭他的损害，于是他便被好好地人们所敌视了。

张三要损害李四，李四敌视张三，向他决斗，这是极正当的防术，丝毫无可非议，所以一切革命反抗（不幸的人们称为“犯上作乱”）的行动，都是绝对不错的。但是再进一步想，敌人原来也是朋友ㄨㄚ！只因他一念之差以至做了不够人格的事，别人固然遭了他的损害，他自己也是很不幸ㄤㄚ！

奋斗的时候，固然应该毁灭他的武器；但武器毁灭以后，还应该救济他：恢复他固有的人格和人权。据说一千九百多年以前，有一个木厂子里的少掌柜的，叫人们要爱敌人，他的理由怎样，且不去管它，我用断章取义的办法，很赞同这句话；但我以为在敌人有武器的时候是不应该爱他的，到了敌人的武器毁灭以后便应该爱他，爱他的第一步便是恢复他固有的人格和人权。

北京城里有一位十九岁的青年，他姓爱新觉罗，名溥仪，这人便是上列各种丧却人的地位的不幸人之一。原来他的祖宗在三百年以前不幸沦入帝籍，做了皇帝，不克厕于编户齐民之列。他家父传子，子传孙，传了好几代，经了三百多年，干了许多对不住人的事体。到了十三年前，有些明白的人们起来向他家奋斗，居然把他家的武器毁灭了。但是还给这位青年留下那个极不名誉的名目叫做什么“皇帝”的，而且还任他住在一个不是住家的房子里，还任一班不要脸的东西常常弯了腿装矮子去引他笑，低下脑袋瓜儿扮成叩头虫的模样去逗他玩，以至于把这位年龄已经到了应该在初级中学毕业的时候的青年，弄到他终日如醉如痴，成了一个傻哥儿；他在七年前还被那班不要脸的东西簇拥到外面来胡闹了一回，险些又要恢复那毁灭了的旧武器，再来做对不住人的事体。他弄到这样的地步，真是他的大不幸。你想，咱们可以自由住居，自由行动，为什么他不可以，咱们家的子弟可以入学校，得到相当的知识和技能，为什么他不可以？咱们可以得到选举和被选举的资格，为什么他不可以？在北京说北京，咱们的原籍无论是否北京，只要在北京住居几年以上，便可以得到北京市民的参政权，他家自从一六四四年到北京以来，到现在整整的二百八十年了，为什么他还得不到北京市民的参政权？他这样的不幸，不消说得，便是“皇帝”这名目害了他。“皇帝”这名目之不名誉，固与“青皮、瘪三”等等相同；而他的称号，“皇帝”之上还有“大清宣统”四字，这又好比“青皮瘪三”有那些“四眼狗、独眼龙、烂脚阿二、缺嘴老四”等等绰号一般。“青皮瘪三”改邪归正之后，总得好好地取一个平常人的名字；若仍旧称为“四眼狗”等等，怎能怪人家厌恶他，歧视他？（况且保存这等绰号，实在也真有些危险，因为他可以藉此再做“青皮瘪三”。）由是可知，十三年以前毁灭他的武器而留下“皇帝”这个名目给他，真是不彻底的办法，不但他有时要藉此胡闹，弄得咱们受累，并且使他因此而不克恢复他固有的人格和人权。咱们也实在对不住他。

这几年来，我常常对人家说，我很希望这位十九岁的青年肯力图向上，不甘永沦帝籍，自动地废除帝号，刻这样一个名片：

(前面)	(后面)
爱新觉罗·溥仪 京兆	Mr.P.Y.Ais 日 ingiolg Peking

以表示超出帝籍，上厕于民国国民之列。但我这希望终于希望而已。

现在爱新觉罗·溥仪君自己虽然还未觉悟，未能自动地超拔自己，而有冯玉祥君、黄郛君、鹿钟麟君、张璧君等居然依了李石曾先生等明白人的建议，于一九二四年十一月五日派了人去劝告爱新觉罗·溥仪君："大清宣统帝从即日起，永远废除皇帝尊号，与中华民国国民在法律上享有同等之权利"；"清室应按照原'优待条件'第三条，即日移出宫禁，以后得自由选择住居。"爱新觉罗·溥仪君一一照办，立刻搬出那"不是住家的房子"，而回到他的本生的老太爷的府上去了。

好了好了！爱新觉罗·溥仪君从此超出帝籍，恢复他固有的人格和人权了！"爱新觉罗·溥仪君！我很诚恳的向您道喜：恭喜恭喜！恭喜您超升啦！"

我对于爱新觉罗·溥仪君还要说几句祝望的话："您虽然是一位十九岁的青年，可是您以前处在一个很不幸的环境里，成日价和那班不要脸的假矮子假叩头虫鬼混，读那些于您不但无用而且有害的书如《尚书》之类，您的知识和技能大概要比一般的中学生差些吧。这不必讳言，也无须追悔。‘往者不可谏，来者犹可追。’我听人说，您在那不幸的环境里，居然爱看《新青年》、《晨报副镌》、康白情的《草儿》和俞平伯的《冬夜》之类，我觉得您还是一位有希望的青年。我祝望您：从今以后，可以好好地补习些初中程度的科学常识，选读几部白话文学的作品；过了一两年之后，大可去考高级中学或大学预科；将来更可上外国去留学，把您自己造就成一个知识丰富学问深造的人，您的幸福可就不可限量啦。您的先德玄烨先生在二百年以前的皇帝队里，总算是留心学问的人了，但是就现代的平民看来，他的学问也不过尔耳；您如今已经超升为现代的平民了，您肯用功上进，将来必定‘跨灶’，这是无疑的。还有一层，听说您已经结婚了，而且因为您以前在那不幸的环境里，听说您已经有了姨太太了。咱们姑且‘成事不说’，您既已结婚，便应该了解两性的关系，我现在要介绍两部好书给您：一部是ㄎㄚㄆㄣㄊㄛ的《爱的成年》，一部是ㄙㄊㄛㄆㄊㄈ的《结婚的爱》。至于《二十四史》里的《皇后传外戚传》之类，于您不但毫无用处，而且还大有害处，我劝您别去看它才好！”

一九二四年十一月六日

【原载一九二四年十一月十七日《语丝》第一期】

告“遗老”

“遗老”们！我替你们想，你们可走的路计有四条：

（一）大彻大悟，知道自己应该堂堂地做一个“人”，而做皇帝的“奴才”是很不够人格的；知道应该服务于社会，彼此互助，效忠于一家一姓是很丢脸的；于是幡然改变，不再长垂豚尾，不再向所谓什么皇帝也者屈膝叩头，趁此未死之残年，勉力为民国服务，以图晚盖；并且劝你们那个所谓什么皇帝也者也敝屣帝号，高升为一品大百姓。这是最合理的一条路，因为这条确是向前跑的路。可是这条路虽最合理，我并不奉劝也不希望你们走。一层是你们总不肯走的，劝也是白劝，希望也是白希望。还有一层是即使你们竟违心而走此路，但你们的道德实在太卑污了，你们的脑筋实在太污腐了。“民国肇建，十有三载，变乱相仍，靡有宁日”（这是阔人们的通电起首照例有的句子）的缘故，就是因为服务诸公之道德卑污与脑筋朽腐，他们并非真正的革命党，他们与你们本是“一丘之貉”。他们满坑满谷，已经很够讨厌的了，我实在不希望你们再去加入，弄得将来更难肃清。

（二）简直明目张胆地做复辟的运动。你们既不承认民国，当然非回复清朝不可；既反对共和，当然非有皇帝不可。既要清朝和皇帝，那就应该明目张胆地运动你们的“上头”（这是半个月以前某“遗老”在清室善后委员会中对于溥仪的称呼）再坐龙庭，像民国六年七月一日张勋、康有为那样做法，这是“开倒车”的行径，当然是极不合理的；但就你们论你们，这也还不失为一条可走的路。可是这一条路，我知道你们也是不肯走的，因为走这条路，又危险，又吃力。走不通时总不免危险（虽然有东交民巷等处可躲）；即幸而走通，吃力却是意中事。我不敢谬奖你们，照你们平日的道德看来，似乎有些经不起危险，耐不起吃力的，所以我不相信你们肯走这条路。还有就我一方面而论，我的确也不愿意你们走这条路；因为我是民国的国民，我自然希望民国国体巩固，不希望有人来捣乱，再闹复辟的把戏。所以这一条路我也不奉劝你们走。

（三）既要做清朝的忠臣，则当贵“上头”，“逊国”以后，便应该殉难，以全臣节；否则也应当拖辫入山，采食薇蕨（其实就是这样，也还是践民国之土，食民国之毛)，做一个草间偷活的孤臣。这也不失为一条你们可走的路。但我也不奉劝你们走。我不相信你们能够有谢枋得、文天祥、王夫之、李颙等人那样坚劲的节操。况且劝人寻死，实在有背于人道主义。民国的国民是应该重人道的，所以我决不来劝你们寻死。

(四)什么正经事也不做，只是捧捧戏子，逛逛窑子，上上馆子，做做诗钟，打打灯谜，如此昏天黑地以终余年。这一条路你们大概都愿意走，我也希望你们走。因为照你们平日的道德看来，走这一条路真是恰配恰配；而这样的行径，或者于民国还没有什么大妨害。(其实也是有妨害的，因为可以由此而产生许多道德卑污的“遗少”。不过少年人而愿以你们为模范，步趋唯谨，愿做“遗少”，则其人实是自甘沦弃，亦不足惜耳。)

除这四条以外，别无你们可走之路。但你们却常常要走另外两条路。那两条都是损人不利己的路(上述第二条路也是损人的，但又是利己的；我对于你们，不敢用道德的话来苛求，所以对于你们有利的，我还说是可走的一条路)：

(甲)并不做复辟的运动，而却要保住贵“上头”的帝号，向民国的行政官摇辫乞怜，说什么“上头”赞成天下为公之共和政体喽；什么“上头”绝无复辟之心喽；什么前次复辟乃出于张、康之胁迫，绝非“上头”所愿喽。你们这样的行动和言论真是荒谬得很！既说不复辟，为什么还要保住贵“上头”的帝号!?既不肯抛弃帝号，为什么不做复辟的运动!?贵“上头”既不想复辟，且赞成共和，为什么还要运动!?贵“上头”既不想复辟，且赞成共和，为什么还要窃帝号以自娱!?你们要知道！保住帝号，便应该复辟；赞成共和，便应该废除帝号。空空地保住帝号，实际上还是共和政体，在你们并无丝毫利益；明明是共和民国，竟有人公然自称皇帝，在我们实在是非常地受累，非常地丢脸。所以说这是损人不利己的。

（乙）复辟不复辟，民国不民国，不大提起，或者竟绝口不谈，而常常要大发其臭肉麻之牢骚曰“世风日下，人心不古”，甚而至于还要拿了三纲五伦忠孝节义之说来束缚压迫我民国的国民。这种“像杀有《丫事”的自命为“道德的保镳者”的神气，真要令人三日作呕，真要令人气破肚皮。什么三纲五伦忠孝节义，都是二千年以前宗法社会之旧道德，与民国国体绝对抵触，万万没有提倡它的理由。即就公等自身而论，公等立身行己，果与此等灰堆中之旧道德的教条符合否耶!?请公等于夜气未尽梏亡之时仔细想想！即使公等是能实践此等旧道德者，但因此而遂欲以旧道德绳民国的国民，则真是荒谬绝伦!!! 我明明白白地告诉你们：在共和国体之下而说什么“君为臣纲”，什么“君臣之伦”，什么“忠君”的话，的的确确是鼓吹造反!!! 至于父子夫妇等等，仅仅是名称的不同，而人权则彼此完全一样，在共和国体之下而说什么“父为子纲”，什么“夫者妻之天”的话，也是等于造反!!! 你们用专制时代的旧道德来束缚压迫共和时代的国民，你们未见得因此而得到什么好处，而我民国被你们这一大捣乱，岂独国体动摇，简直成了“率兽食人，人将相食”的世界。直是受累无穷。所以说这又是损人不利己的。

你们走这样损人不利己的路，我们被损的人们理应向你们严重抗议，积极反对。

“遗老”们！共和的意义，平等的真理，你们的脑子中向无此物，现在也没法把它装进去，只好不谈了。我现在且向你们谈谈历史。什么《御批通鉴辑览》和《东华录》等书，你们大概总是敬谨诵读过的。我要请你们回过脸去看看你们的“本朝列祖列宗”的“武功文治”：福临和玄烨对于明安宗（由崧）、绍宗（聿键）、昭宗（由榔）是怎样处置的!？奕詝和载淳对于太平天国又是怎样处置的!？“扬州十日，嘉定三屠”是怎样的景象?! 剃发令下之后，是否有许多人连脑袋也被剃去?! （那时束发的汉族遗民能够像你们现在这样很安逸地长垂豚尾十三年吗?!）玄烨、胤禛、弘历时代所谓文字狱，所谓销毁禁书，是怎么一回事?!（那时著书的人能够像你们现在这样很自由地写“夏历”壬子年至甲子年或竟写宣统四年至十六年吗?!）再回过头来看：民国元年二月我民国劝贵“上头”溥仪退位时是怎样待他的?!六年七月溥仪复行窃位后我民国是怎样待他的?!今回十三年十一月我民国劝溥仪废帝号出宫禁时又是怎样待他的?!我民国以宽大为怀，不念旧恶，将努尔哈赤以来三百余年残杀汉人之滔天罪恶一笔勾销，不效法夏启（你们所称为三代圣王的），“予则孥戮汝”的行为，不主张孔丘作《春秋》所赞美的齐襄公复九世之仇的办法，仅仅取消溥仪的政权和帝号，既没有丝毫难为他，也不曾“夷其社稷，迁其宗庙”，且还送钱给他用。民国对于满清，岂但是“仁至义尽”，简直是“以德报怨”。“以德报怨”，本嫌过当，但既已做了，也就算了。不意施者如此其厚，而受者方面竟还要口出怨言。风闻自溥仪废号出宫以后，你们向外国人，向民国的临时执政者捏造无根之谣言，什么溥仪的生命有危险喽；什么故宫的古物难保存喽胡言乱语，层出不穷。我老实对你们说吧：你们看得溥仪如此其值钱，以为有人要谋害他；在我们看来，溥仪不过一个不到二十岁的大孩子，只因他以前太胡闹了，所以此番禁止他胡闹，把他送回家去，使他以后可以好好地读书求学罢了。他是什么大人物！也值得被人谋害！笑话笑话！至于故宫的古物，这是民国国家公有的东西，民国自有相当的机关来保管它，整理它，研究它。你们不是民国的国民，敝国古物的保存，无须你们“越俎代谋”！讲到遗失的话，倒是的确有的，不过这是民国十三年十一月五日溥仪出宫以前的事，我们现在为厚道起见，打算不追究了。（五日以后，听说溥仪的铺盖运出神武门时经军警检查，发现《快雪时晴帖》一本，委员会也不过将它扣留，暂时保存在钱柜之中而已，不复穷加追究，以顾全贵“上头”的体面。）

“遗老”们！中国历史上亡国之君，从桀到洪秀全，他们是怎样下场的？外国由帝国改民国，如法之路易十六，俄之尼古拉斯二世，他们又是怎样下场的？溥仪这样舒舒服服地升为一品大百姓，你们还不满意。难道一定要让他再造反一次，再窃位一次，弄到大家对他切齿痛恨，给他一个不幸的下场，你们才满意吗?！这是你们竭忠事上的嘉谋嘉猷吗?！

民国十三年十二月二日

【原载一九二四年十二月八日《语丝》第四期】

三十年来我对于满清的态度的变迁

一九二四年十一月六日晨八时半，我看当天的《晨报》，知道爱新觉罗·溥仪已于上一天废除伪号，搬出伪宫，我顿然把二十年来仇视满清的心思完全打消，提起笔来，就做了一篇《恭贺爱新觉罗·溥仪君迁升之喜并祝进步》，送给《语丝》第一号。接着又写这篇《三十年来我对于满清的态度的变迁》。写了几张，忽想，这不过是我个人对于某一事件的态度，不值得“灾梨祸枣”，便搁笔不写了。近日我偶向伏园和开明谈及，他们俩都怂恿我做成发表；开明并且说，“我们对于满清的态度的变迁，很有与你相像之点，所以这种变迁，未必单是你一个人如此，把它发表，倒是很有意思的。”我给他们这么一说，不免又把兴致鼓动起来，因将此文续完，送给《语丝》第八号。

我平日看报，碰到“昨日”、“前晚”这些字样，常要生气，因为不知道究竟是哪一天；所以自己写东西，末尾总记上年月日（自然也有时忘记写的）。现在这篇文章，末尾虽然有年月日，但为醒目起见，先在这儿说明几句：所谓“三十年来”便是一八九五年至一九二四年；我的年龄是九岁至三十八岁。

谨遵“博士写驴券”的“文法”，在正文以前加了这许多废话（或云，当作费话），现在剪断废话，请驴子登场。

一

我在十岁左右（一八九六年），就知道写满清皇帝的名字应该改变原字的字形，什么“玄”字要缺末点，“宁”字要借用“甯”，“颙”字要割去“页”字的两只脚，“琰”字要改第二个“火”字作“又”，这些鬼玩意儿是记得很熟的。还有那什么“国朝”“昭代”“睿裁”“圣断”“芝殿”“瑶阶”等等瘟臭字样，某也单抬，某也双抬，某也三抬这些屁款式，我那时虽还没有资格做有这些字样的文章（?），但确认为这是我们“读圣贤书”的“士人”应该知道的，所以也很留意。我还记得十二岁那年（一八九八年），在教师的书桌上看见一部日本人做的书（好像是《万国史记》，有“清世祖福临”、“清高宗弘历”这些字样，又不抬头写，那时看了，真觉得难过。（今年夏天，北大研究所国学门为了某事件发表一篇宣言，中间有两三处提及溥仪的名字，某“遗老”看见了，写信给研究所质问，其势汹汹，大有开国际谈判之象，信中有“指斥皇上御名，至再至三”等语。我那时难过的状况，正与今年这位某公相像。）

二

我十六岁那年（一九〇二年），梁任公先生的《新民丛报》出版。这年的《新民丛报》，不仅提倡民权政治，鼓吹思想革新，而且隐隐含有排满之意。前此谭复生先生的《仁学》也在那时印出，它的下卷昌言排满，其言曰：“……有茹痛数百年不敢言不敢纪者，不愈益悲乎！《明季稗史》中之《扬州十日记》、《嘉定屠城纪略》，不过略举一二事。当时既纵焚掠之军，又严剃发之令，所至屠杀掳掠，莫不如是；即彼准部，方数千里，一大种族也，遂无复乾隆以前之旧籍，其残暴为何如矣！亦有号为‘令主’者焉，及观《南巡录》所载，淫掳无赖，与隋炀、明武不少异，不徒‘鸟兽行’者之显著《大义觉迷录》也。台湾者东海之孤岛，于中原非有害也，郑氏据之，亦足存前明之空号，乃无故贪其土地，据为己有。据为己有，犹之可也；乃既竭其二百余年之民力，一旦苟以自救，则举而赠之于人。其视华人之身家，曾弄具之不若！噫！以若所为，台湾固无伤耳。尚有十八省之华人宛转于刀砧之下，瑟缩于贩卖之手，方命之日‘此食毛践土之分然也’。夫果谁食谁之毛，谁践谁之土！久假不归，乌知非有？人纵不言，己宁不愧于心乎?！吾愿华人勿复梦梦，谬引以为同类也！”我那时看了这类的议论，很是生气，曾经撕毁过一本《仁学》。

同时在《新民丛报》的广告中知道它的前身是《清议报》，设法买到几本残缺的《清议报全编》。得读任公先生在戊戌己亥时（一八九八年—一八九九年）倡“保皇论”的文章，于是大悦。至今还记得《爱国论》中有这样一段：“怪哉我皇上也！……有君如此，其国之休欤，其民之福欤！——而乃房州黪黯，吊形影于瀛台；髀肉蹉跎，寄牧刍于笼鸽。田横安在，海外庶识尊亲；翟义不生，天下宁无男子！……”那时我看了这种文章，真要五体投地，时时要将它高声朗诵的。

三

十七岁（一九〇三年）的夏天（废历五月下旬)，上海“《苏报》案”发生，清廷做了原告，向上海租界中“帝国主义者”的会审公堂控诉中国的革命党，于是章（太炎）、邹（慰丹）被逮，蔡

(孑民)、吴(稚晖)出亡。我在故乡湖州(今吴兴县),那地方离上海很近,坐轮船要不了一日一夜,可是上海的新书报极不容易输入(并非官厅禁止,那时内地的官厅还未曾懂得禁止新书报,实在是因为老百姓不要看它),我们看得到的报纸只有《申报》和《新闻报》,它俩对于章、邹、蔡、吴诸先生的主张革命,都持极端反对的态度,并且它俩记载"《苏报》案",非常地漏略模糊,看了得不到一些真相。我当时那种"尊崇本朝"的心理,仍与前此相同,未有丝毫改变,所以极不以章、邹、蔡、吴的主张为然。当时我有一位朋友,他是赞同"排满论"的;有一次他写信给我,有"满廷""彼族"等等字样,我很觉得碍眼,复信中有几句话,大意是这样:"本朝虽以异族入主中夏,然已为二百余年之共主。吾侪食毛践土,具有天良,胡可倡此等叛逆之论!况今上圣明,肆日诋諆,抑岂臣子所忍出!"

有一天,我写一篇书目,其中有一部书(总是《御批通鉴辑览》之类),照屁款式是应该三抬的,因将其他各书均低三格写,以显此书之为三抬。

那时我的尊清思想,实在是因为对于载湉个人有特别之好感。而对于那拉氏,则已经不承认伊是皇太后,而且以为伊是该杀的,伊正是汉之吕后,唐之武后一流人物。盖我彼时之思想,完全受“保皇论”之支配也。

四

这年冬天某晚，我认识一位朋友方青箱先生，他送我两部书，一部是章太炎先生的《驳康有为论革命书》，一部是邹慰丹先生的《革命军》，都是徐敬吾先生（绰号野鸡大王）翻印的，用有光纸石印。字迹很小，白洋纸的封面，封面上印着红色的书名。

一寸见方的三个红字——“革命军”触我眼帘，我顿然起了一种不能言喻的异感，急急忙忙地辞别了青箱，拿了它们赶回我住的一间小楼上，ㄆㄥ地一声把楼门开了，剔亮了菜油灯的灯草，和衣倒在床上，先将《革命军》翻读，看它的序中将“同胞”二字照屁款式中之“皇上”二字例抬头写它，末行是“皇汉民族亡国后之二百六十年革命军中马前卒邹容记”，本文第二行写“国制蜀人邹容泣述”（这“制”字与穿孝的人的名片上的小“制”字同义，“国制”是说“汉族的国亡了，现在给它穿孝”），种种特别的款式和字句，以及文中许多刺激的论调和名词，看了之后，很使我受了一番大刺激，前此的尊清见解，竟为之根本动摇了。

再看太炎先生的《驳康有为论革命书》，看到“堂子妖神，非郊丘之教；辫发璎珞，非弁冕之服；

清书国语，非斯邈之文”数语，忽然觉得：对丨丫！这些野蛮的典礼、衣冠、文字，我们实在应该反抗尢丫!；再看下去，看到“向之崇拜《公羊》，诵法《繁露》，以为一字一句皆神圣不可侵犯者，今则并其所谓‘复九世之仇’而亦议之”数语，更大大地佩服起来。因为我从十三四岁起，就很相信《春秋公羊传》；公羊对于齐襄公灭纪，褒他能复九世之仇，这个意思，那时的我是极以为不错的。那么，满清灭明，以汉族为奴隶，我们汉族正应该复九世之仇ㄨ丫！（说句弄巧的呆话，从福临到载湉，刚刚恰好是九世!）复仇既然应该，则革命正是天经地义了。读完太炎先生此书，才恍然大悟二百余年以来满廷之宰割汉人，无所不用其极。什么“圣祖仁皇帝、高宗纯皇帝之深仁厚泽”，原来是“玄烨、弘历数次南巡，强勒报效，数若恒沙”！什么“今上圣明”，原来是“载湉小丑未辨菽麦”！满洲政府如此可恶，真叫我气破肚，章、邹的主张，实在是“有理丨丫有理”！一定非革命不可！

自此又陆续看了些《浙江潮》、《江苏》、《汉声》、《书学》、《黄帝魂》、《警世钟》、《訄书》、《攘书》之类，认定满洲政府是我们唯一的仇敌，排满是我们唯一的天职。

次年（一九〇四年）废历四月二十五日下午四时，我叫了一个“剃发匠”来，又把我那小楼的门

ㄆㄥ地一声关了，勒令他将我的辫子剪去，以表示“义不帝清”之至意。那年我十八岁。

当时我和几个朋友办一种《湖州白话报》，封面上决不肯写“光绪三十年”，只写“甲辰年”；当时这种应用“《春秋》笔法”的心理，正和二十年后现在的“遗老”们不肯写“民国十三年”而写“甲子年”一样。其实写干支还不能满足，很想写“黄帝纪元四千六百〇二年”，这也与“遗老”们很想写“宣统十六年”一样的心理；只因这样一写，一定会被官厅干涉，禁止发行，所以只好退一步而写干支。

五

从一九〇三年《革命军》出版到一九一一年革命军起义，这八年半之中，关于排满革命的书报计有三派：（甲）章太炎先生的《檀书》（后改名《检论》），刘申叔先生的《攘书》，陈佩忍先生的《清秘史》，陶焕卿先生的《中国民族发达史》（这部书名大概有误，我手边久无此书，现在连书名也记不真切了；焕卿先生印此书时，不用真姓名，但署曰会稽先生），和郑秋枚、黄晦闻、刘申叔、陈佩忍诸先生主撰的《国粹学报》等等。这些书报，大致是一九〇三年 — 一九〇六年的出版物。它们的内容，可以用两句话来赅括：“提倡保存国粹以发扬种性；鼓吹攘斥满洲以光复旧物。”因为偏重在“光复”而不甚注意于“革新”，所以颇有复古的倾向。（一九〇三年以前关于排满革命的书报都应归入此派。）（乙）汪精卫、胡汉民、朱执信、宋渔父诸先生主撰的《民报》等等。《民报》是同盟会（国民党的前身）的机关报，孙中山先生的《三民主义》、《五权宪法》，最初即在此报发表。可是此报对于“三民主义”，惟“民族”“民权”两主义有所发挥，而关于“民生”主义之议论则绝少（我手边久无此报，记忆亦不甚真切了）。后来由章太炎、陶焕卿两先生编辑，更偏重于“民族”主义了。不过革命以前发挥民权共和之议论者，总应首推此报。此报出版于一九〇五年。（与此报同时有陈陶怡先生主撰的《复报》，则当归入甲派。）（丙）吴稚晖、李石曾、褚民谊诸先生主撰的《新世纪》等等。《新世纪》是中国最早宣传“ㄢㄋㄚㄧㄙㄇ”的杂志，而排满的色彩也非常地强烈。《新世纪》中关于排满的文章，以稚晖先生所作为最多。稚晖先生一开口，一提笔，无不“语妙天下”。他对于满廷，常要用猥亵字样去丑诋它。有些人是不满意他这种文章的，他们以为这样太不庄重了，太失绅士的态度了。这种批评未必是适当的。当时的满廷是站在绝对尊严的地位的，忽然有人对它加以秽亵字样，至少也足以撕下它的尊严的面具。我那时对于《新世纪》的其他主张，反对的很多；但稚晖先生用秽亵字样丑诋满廷，却增加了我对于满廷轻蔑鄙夷之心不少。丙派和甲派的主张，在排满问题上毫无不同；惟有绝对相反之一点，甲派怀旧之念甚重，主张保存国粹，宣扬国光，丙派则对于旧的一切绝对排斥，主张将欧化“全盘承受”。太炎先生可作甲派的代表，稚晖先生可作丙派的代表。《新世纪》出版于一九〇七年。

我当时是倾向于甲派的。一九〇六年秋天，我到日本去留学，其时太炎先生初出上海的西牢，到东京为《民报》主笔，我便到牛迁区新小川町二丁目八番地民报社去谒他。我那时对于太炎先生是极端地崇拜的，觉得他真是我们的模范，他的议论真是天经地义，真以他的主张为“绝对之是而不容他人之匡正”。但太炎先生对于国故，实在是想利用它来发扬种性以光复旧物，并非以为它的本身都是好的，都可以使它复活的。而我则不然，老实说罢，我那时的思想，比太炎先生还要顽固得多ㄋㄜ。我以为保存国粹的目的，不但要光复旧物；光复之功告成以后，当将满清的政制仪文一一推翻而复于古。不仅复于明，且将复于汉唐；不仅复于汉唐，且将复于三代。总而言之，一切文物制度，凡非汉族的都是要不得的，凡是汉族的都是好的，非与政权同时恢复不可；而同是汉族的之中，则愈古愈好。——说到这里，却有应该声明的话，我那时复古的思想虽极炽烈，但有一样“古”却是主张绝对排斥的，便是“皇帝”。所以我那时对于一切“欧化”都持“诡诡然拒之”的态度；惟于共和政体却认为天经地义，光复后必须采用它。

因为我那时志切光复，故于一九〇七年入同盟会（但革命以后我却没有入国民党）。

那时日本称中国为“清国”，留学生们写信回国，信封上总写“清国某处”。我是决不肯写“清国”的。

我在日本时做过一件可笑的事。一九〇八年的冬天，载湉和那拉氏相继死了。过了几天，驻日本的“清国公使”胡维德发丧举哀，我住的那个旅馆主人忽然给我们吃素。我诘问他，他竟用吊唁的口气侮辱我，大意说：“因为贵国皇帝崩御了，今天是贵国人民不幸的日子，所以……”我哪里受得住这样的侮辱，不等他说完，即将素菜碗往屋外摔去。碗固摔破，而屋内的“榻榻米”上也弄得油汤淋漓！我的日本话是头等蹩脚的，对于旅馆主人的侮辱，只好向他瞪眼以出气而已。过眼之后，赶紧穿了外衣出门，想往“料理店”去吃一顿肥鱼大肉，不料这些“料理店”昏百姓也与清国公使和日本旅馆主人一样的见解，竟“休业一日以志哀”！我只好买了一罐“豚肉之琉球煮”和一罐牛肉回来，将这冷猪肉、冷牛肉和已经冷了的饭胡乱吃了这样一顿“三冷席”。回来的时候，在路上遇见一个左臂缠白布（此人的缠白布，等于现在缠黑纱）的留学生，连声骂他“八格”不止。

从一九〇三年冬到一九一一年，这八年挂零之中，我仇视满廷之心日盛一日（那时不仅对于满廷，实在是对于满族全体）。因仇视满廷，便想到历史上异族入寇的事；对于这些异族，也和满廷为同样之仇视。那时做了一本《纪年检查表》，于宋亡以后，徐寿辉起兵以前，均写“宋亡后几年”，而附注曰“伪元某某酋僭称某某几年”；于明亡以后，洪秀全起兵以前，均写“明亡后几年”，而附注曰“伪清某某酋僭称某某几年”；于洪秀全亡以后，民国成立以前，均写“太平天国亡后几年”，附注同上。我这种书法的主张，出于郑思肖的《心史》，亡友陶焕卿先生深以为然。今日覆视，颇自笑其过于迂谬。以其可以表示当年排满之心理，故及之。

六

一九一一年十月十日，武昌革命军起。一九一二年一月一日，中华民国政府成立于南京，临时大总统孙中山先生就职。我那时在故乡吴兴的浙江第三中学校做教员，天天希望义师北伐，直捣燕京，剿灭满廷，以复二百六十八年以来攘窃我政权残杀我汉人之大仇。而事实上却是由袁世凯要了一套王莽到赵匡胤耍厌了的老把戏，请溥仪退位。溥仪退位，总是事实，所以当时大家都不再作进一步之解决。我对于满清的怨恨虽然消灭了些，不过优待条件我是很反对的。请问，干什么要优待他？若说，他自己觉悟犯了滔天大罪，因此退位，其情可嘉，所以应该优待。那么又要问，他可是自己觉悟不该做皇帝吗？要是对的，咱们干吗还要把皇帝这个名儿送给他呢？再问，他可是自己觉悟不该搜刮钱财吗？要是对的，咱们干吗还要一年送他四百万块钱？他有罪而自知有罪，咱们虽然可以因其知罪而恕其既往，加恩赦免；但对于大罪人而赦免他，不追究他既往之罪，这已是至高极厚之恩了，还要赏赐东西给他，这成什么办法！对于大罪之人而加赏，则对于大功之人一定要加罚了。赏罚倒置，无论专制之世，共和之世，乃至大同之世，恐怕总说不过去罢。若说他自己并不知道不该做皇帝，不该搜刮钱财，他实在还要保持皇帝的名儿，还要看相咱们的钱财，故遂如其意而与之。这真是“什么话”了!!!。照此办法，则强盗要抢钱，土匪要绑票，一定非送钱送“票”给他不可！噫！天下有这种道理吗!!! ——我这个见解，从一九一二年二月十二日溥仪退位之日起，直到现在，并未变动。

上面说过，我从前是主张光复以后应该复古的，所以我在一九一二年十二月中，参考《礼记》、《书仪》、《家礼》，及黄宗羲、任大椿、宋绵初、张惠言、黄以周诸家关于考证“深衣”之说，做了一部书叫做《深衣冠服说》。我自己照所说的做了一身。一九一二年三月，我到浙江教育司中当了一名小小的科员，曾经戴上“玄冠”，穿上“深衣”，系（音ㄐ丨）上“大带”，上办公所去，赢得大家笑一场，朋友们从此传为话柄！所以一九一七年才认得的朋友“狄莫”先生也曾经在《晨报副镌》上宣布过我的这件故事。

七

这几年来，我常常对朋友们说：一九一二年二月十二日以前的满族全体都是我的仇敌。从这一天以后，我认满人都是朋友了，但溥仪（他的“底下人”和“三小子”即所谓“遗老”者也都包括在内）仍是我的仇敌，因为他还要保持伪号，使用伪元，发布伪论（大家都认一九一七年张勋、康有为拥溥仪复辟，为溥仪在民国时代犯了叛逆之罪，这固然对的；但溥仪之叛迹，宁独复辟一事？其保伪号，用伪元，发伪论，何一非叛逆？我以为这事那事，厥罪维均，故不特提复辟一事）：所以我仇视他的祖宗之心始终消除不尽，我从一九〇三年冬天至今，这一年中，对于努尔哈赤到溥仪，绝不愿称他们为清什么祖，什么宗，什么帝，也绝不愿用福临以来二百六十八年中他们的纪年。民国以前，称他们总是"虏酋"、"建夷"、"伪清"；民国以来则称为"亡清"。我是主张用公历纪年的，但遇到涉及他们的地方，总爱写民国几年和民国纪元前几年。——这种咬文嚼字的行为，不必等别人来骂我，我可以自己先骂自己道："这完全是《春秋》和《纲目》那种书法褒贬的传统的腐旧思想，真是无谓之至！"但我自己虽明知无谓，而对于亡清，宿恨未消，实不能不用此等无谓的书法以泄忿。这个谬见，至今犹然。

但我又常对朋友们说：我虽认"溥仪"为仇敌，可是我丝毫不想难为他，只希望他废除伪号，搬出伪宫，跻于民国国民之列，我便宿恨全消，认他为朋友；我并且承认他到了适合的年龄，一样有被选为中华民国大总统的资格。今年十一月五日，我的希望居然达到了（虽然优待条件并未完全取消），所以我高高兴兴地做了那篇《恭贺爱新觉罗·溥仪君迁升之喜并祝进步》。彼时我的确完全解除武装，认他为朋友。我方且以为从今以后，我们对于爱新觉罗氏窃位二百六十八年的事实，应与刘渊、石勒、拓跋圭、李存勖、石敬瑭、阿骨打、忽必烈等人的窃位同等看待，还他历史上的地位，不必再存仇视之心了。

岂知近一月以来，溥仪既白昼见鬼，躲到日本公使馆去。而某某两国的无聊人，死不要脸长垂豚尾的“遗老”，以及想偷伪宫古物的流氓，他们“三位一体”，捏造谣言，阴谋捣乱：一面“以己之心度人之心”，用“盗憎主人”“贼捉捕快”的手段，诬蔑国民军和清室善后委员会偷东西；一面唆使溥仪不许他高升为平民，非保持伪帝的丑态不可；一面包围段祺瑞，叫他恢复已废之优待条件。我于是把对于亡清的武装已经解除了的，现在又重新要披挂起来了，看他们那样勾结外人来捣鬼，说不定仇恨之心比以前还加增些；这是事实使我如此，我虽欲不如此，亦不可能。

这篇文章写到这里，可以完了。现在再加一句话：假如今后“三位一体”的捣鬼完全消灭，溥仪完全做了民国国民，我一定再解除武装；如其不然，我当然仍旧认他们为仇敌，而且仇恨之心比从前还要加增！

一九二四年十二月三十日

【原载一九二五年一月五日《语丝》第八期】

青年与古书

现在的青年，应不应该叫他们读古书，这是教育上一个很重要的问题。社会上对于这问题的意见，约有三派：

（甲）主张应该读的。这又可分为两派。A 派以为："古书中记着许多古圣先贤的懿训格言和丰功伟烈，我们应该遵照办理；古书的文章又是好到了不得的，我们应该拿它来句摹字拟。"这派算是较旧派。B 派对于 A 派的议论也以为然，不过还要加上几句话，便是什么"国于天地，必有与立，中国的道德文章是我们的国魂国粹，做了中国人便有保存它光大它的义务；这些国魂国粹存在于古书之中，所以古书是应该读的"这类话。这派自命为新派。

（乙）主张不应该读的。他们以为："中国过去的道德，是帝王愚民的工具；中国过去的文章，是贵族消遣的玩意儿。它在过去时代即使适用，但现在时移世易，它已经成为历史上的僵石了。我们自己受它的累真受够了，断不可再拿它来贻误青年。所以青年不应该再读古书。”这派中还有人以为：“中国过去的文化，和辫子小脚是同等的东西。这些东西，赶快廓清它还来不及，把它扔到茅厕里去才是正办；怎么还可以叫青年去遵照办理呢!”

（丙）也主张应该读的，可是和甲派绝对不同。他们以为：“古书上的记载的都是中国历史（广义的，后同）的材料。人类的思想是不断地演进的，决非凭空发生的，所以我们一切思想决不能不受旧文化的影响，决不能和我们的历史完全脱离关系。因为如此，所以不论我们的历史是光荣的或是耻辱的，我们都应该知道它。这是应该读古书的理由。”

我对于这三派的议论，是同意于丙派的。现在先把甲乙两派批评一下。

甲派之中，A 派的主张，完全不成话；用乙派的话，足以打倒它了。至于 B 派，虽然自命为新派，其实他那颟顸之态既无异于 A 派，而虚骄之气乃更甚于 A 派。国魂国粹是什么法宝，捧住了它，国家便不会倒霉了吗？那么，要请问，二千年来，天天捧住这法宝，并未失手，何以五胡、沙陀、契丹、女真、蒙古、满洲闯了进来，法宝竟不能耀灵，而捧法宝的人对于闯入者，只好连忙双膝跪倒，摇尾乞怜，三呼万岁，希图苟延蚁命？这样还不够，他们又把这种法宝献给闯入者，闯入者便拿它来往他们头上一套，像唐僧给孙行者戴上观音菩萨送来的嵌金花帽那样；套好之后，闯入者也像唐僧那样，念起紧箍儿咒来，于是他们便扁扁服服地过那猪圈里的生活了。嘿！真好法宝！原来有这样的妙用！到了近年，帝国主义者用了机关枪大炮等等来轰射，把大门轰破了，有几个特殊的少数人溜到人家家里去望望，望见人家请了赛先生（Science）、德先生（Democracy）、穆姑娘（Moral）当家，把家道弄得非常地兴旺，觉得有些自惭形秽，于是恍然大悟，幡然改图，回来要想如法炮制。最高明的，主张“欧化全盘承受”；至不济的，也来说什么“西学为用”。这总要算大病之后有了一线生机。不意他们“猪油蒙了心”，还要从灰堆里扒出那件法宝来自欺欺人，要把这一线生机摧残夭阏，真可谓想入非非！说他虚骄，还是客气的话，老实说吧，这简直是发昏做梦，简直是不要脸！抱了这种谬见去叫青年读古书，真是把青年骗进“十绝阵”中去送死！

乙派的见解，我认为大致是对的。他们之中，有把旧文化看得与辫子小脚同等，说应该把它扔到茅厕里去。这话在温和派看来，自然要嫌他过火，批他为偏激；这或者也是对的。但是现在甲派的惑世诬民，方兴未艾，他们要“率兽食人”，则有心人焉能遏止其愤慨?我以为乙派措辞虽似偏激,而在现在是不可少。我们即使不作过情之论,也应该这样说:旧文化的价值虽不是都和辫子小脚同等,但现在的人不再去遵守它的决心却应该和不再留辫子不再缠小脚的决心一样;旧文化虽然不必一定把它的全数扔下茅厕,却总应该把它的极大多数束之高阁!

可是无论说扔下茅厕吧,说束之高阁吧,这自然都是指应该有这样的精神而言,自然不是真把一部一部的古书扔下毛厕或束之高阁。那么,古书汗牛充栋,触目皆是,谁有遮眼法能够不给青年看见呢?有人说:遮眼法之说不过是戏谈,而禁止阅看或者可以办到。我说:禁止之法,乃是秦之嬴政与清之爱新觉罗·弘历这种独夫民贼干的把戏,我们可以效法吗?要是禁止了而他们偷看,难道可以大兴文字狱而坑他们吗?

据我看来,青年非不可读古书,而且为了解过去文化计,古书还是应该读它的。古书是古人思想、情感、行为的记录,它在现代,只是想得到旧文化的知识者之工具而已。工具本是给人们使用的东西,但使用之必有其道。得其道,则工具定可利人;不得其道,则工具或将杀人。例如刀,工具也,会使的人,可以拿它来裁纸切肉,不会使的,不免要闹到割破手指头了。使用古书之道若何？曰：不管它是经是史是子是集（经史子集这种分类，本是不通之至的办法），一律都当它历史看；看它是为了要满足我们想知道历史的欲望，绝对不是要在此中找出我们应该遵守的道德的训条，行事的轨范，文章的义法来。

若问为什么要知道历史，却有两种说法。一是人类本有求知的天性，无论什么东西，他都想知道，祖先的历史当然也在其中。这是为知道历史而知道历史，质言之，是无所为的。一是我们现在的境遇，不能不说是倒霉之至了。这倒霉之至的境遇是谁给我们的？是祖先给的呀。我常说，二千年来历代祖先所造的恶因，要我们现在来食此恶果。我们食恶果的痛苦是没法规避的，只有咬紧牙根忍受之一法。但我们还该查考明白，祖先究竟种了多少恶因；还有，祖先于恶因之外，是否也曾略种了些善因。查考明白了，对于甚多的恶因，应该尽力芟夷；对于仅有的善因，更应该竭诚向邻家去借清水和肥料来尽力浇灌，竭力培植。凡此恶因或善因的账，记在古书上的很不少（自然不能说大全），要做查账委员的人，便有读古书之必要了。这是为除旧布新而知道历史，是有所为的。无论无所为或有所为，只要是用研究历史的态度来读古书，都是很正常的。

对于青年读古书，引纳于正轨而勿使走入迷

途，这是知识阶级的责任。但是近来看见《京报副刊》中知识阶级所开列“青年必读书”，有道理的固然也有，而离奇的选择，荒谬的说明，可真不少。我对于这班知识阶级，颇有几分不信任，觉得配得上做青年的导师的实在不多，而想把青年骗进“十绝阵”去的触目皆是。这实在是青年们的不幸。可是，这又有什么法想呢？

古书虽然可读，可是实在难读。怎样解决这难关，也是一个难于回答的问题。这个问题，浅陋的我，当然更没有解决的法子，不过或者有几句废话要说，这个，过些日子再谈吧。

一九二五年三月四日

【原载一九二五年四月十一日《北京孔德学校旬刊》】

这三天所见

天天所见都很多，则这三天所见当然也很多；可是我现在想写的，一天只有一件，共计三件，而且是大家认为“小之又小”，“不成问题”的三件。

我决不承认唯有什么“胡憨之争”，什么“金佛郎案”，什么“善后会议”，什么“沈阳献寿”，什么“段执政将祭孙中山时，把脚洗大了，穿不进皮鞋，只好派龚总长恭代行礼”，这些所谓什么“国家大事”者也才值得记载或评论，而平常人一言一动一颦一笑便不值得记载或评议；我决不相信唯有军阀、官僚、政客才该骂，而一般民众便该原谅，甚而至于还该恭维。我讲下列的三件事，其有记载之价值决不亚于“段执政洗大了脚”等等。

（一）前天下午，有一位朋友的儿子与一位女士结婚。当婚书盖印时，新娘将印交傧相某女士代盖。某女士年纪甚轻，于是有几位贺客大声嚷道：“哈哈！她代盖印，是学习做新娘！”

（二）昨天晚上，女师大演《酒后》。演到荫棠躺在他的妻的怀里，于是鼓掌之声大作。（剧场中的掌声，十之一是无聊的表现，十之九是这种卑劣龌龊的心理的表现。）

（三）今天晚上，女师大演《娜拉》。未演之前，有一个人说："这本戏的情节实在没有意思。什么一个男的生病，他的老婆向人借钱喽，又是什么什么喽；真没有意思！且看她们的做工怎样吧。"

记载完了，不必评论吧。有脑筋的人看了无须我来赘加废话。没有脑筋的人看了，有评论他也看不懂；即使他看懂了，又有何益！

一九二五年三月二十四日下午十一时

【原载一九二五年三月二十八日《京报副刊》一百〇二号】

写在半农给启明的信的后面

我看了一九二五年一月二十八日半农给启明的信，非常地愉快；原来半农还是五年前顽皮惫赖的半农，并没有“望之俨然”的可怕样子。这话怎讲呢？请半农别见气！近年来我对于半农常要起不敬之念，疑心他有了某种态度，这便是当年吴稚晖老先生讥诮现在所谓“章法长”者的一句话：“ㄓㄣㄊㄌㄇㄣ（gentleman）的臭架子”。因为我有时看见半农给别位朋友的信，观其言辞之庄重，想见气度之安详，于是我便起不敬之念了。今乃知我之不敬全属谬误，此其所以“非常地愉快”也。但我对于老友竟起了这样谬误的不敬之念，殊属不合；用特“不打自招”以志吾过。

半农信中的话，我有要附议的，有要答辩的，有要抗议的，有要璧谢的，现在把它们写在下方：

半农和启明都“觉悟只有自己可靠”。我虽无似，却也有这种觉悟；我说的自己，便是指各人独有的“我自己”而言，不是指中国人共有的“我们中国”。中国国民内固然太多外国人，却也太多中国人。ㄏㄚㄇ当然不应该笑纳，而金火腿之孰苦孰甜而定领受与否，这更是卑劣猥贱之至的行为了。半农说，“无论是中国人、英国人、俄国人，他若踢我一脚，我便还他一口。”这话真干脆极了；我赶紧霍地一声站起来，把两个手都举得高高地道，“本席附议！”

至于“打破大同的迷信”，我也可以相对的赞成。我相信大同的世界将来必有实现之一日；现在自然还只在文人和学者的著作中。既然目下还未能实现，则暂时不去迷信它，自无不可。但我却要提出一个修正案：“同时还应该打破国家的迷信”。年来国内最时髦的议论有三种。一是成日价嚷着“赶走直脚鬼！”者。他们很赞美拳匪；他们说，中国的财匮，匪多，兵横，都是“直脚鬼”闹出来的。二是大喊“爱国”者。他们的议论，我见的很少；偶然想到的，是说，蔡元培提倡美育教育，应该弹劾，因为艺术是没有国界的，所以提倡艺术即是不爱国，况且美育是“古已有之”的，便是礼乐，蔡氏“数典忘祖”，可见不爱国，故应受弹劾（这不是原文，我概括其意如此）。三是所谓“国民文学”的主张者。他们“要夸我们民族历史的浩浩荡荡，澎澎鼓动，放浪汪洋”，“要歌颂盘古、轩辕、项羽、仲尼”，说“《关雎》是乐而不淫呀！但他们尽在淫中贪恋”，“不要管他们的时代思潮……。我们作顽固的人罢！”；并且还要“复活精美的古文古话”。这三派的一切主张，虽然并不相同，有时或且相反，但痛恨“洋方子”之心是一致的；他们对于“国故”（最广义的），有的要复活它，有的要保持它，至少也不咒诅它，不排斥它。在这一点上的一致，真好像“老子一无化三清”！二十年前的老新党盲目赞美德国和日本那种血腥气的爱国主义，不自知其丑的“保存国粹”“宣扬国光”主义，现在复活了！站在青年导师地位者倡之，于是一群青年学子和之。盖这些青年学子的血管中本潜藏着他们祖传的老病的种子，他们放学回家，还“闻诗闻礼”（我竭诚希望他们府上的“君子”要“远其子”些才好，我实在不忍见“其子”之被“庭训”宰割屠杀，净尽无遗），这已经够受的了。现在他们又饱聆这些爱国的明训，于是奇谈更日见其多。我偶然看到有些专载浅薄无聊的文章的报纸（如上海《时事新报》中之《青光》和《上海》，又北京《晨报》中之《北京》之类），什么称“ㄇㄧㄙㄊㄛ（mister）”而不称“先生”，写公历（他们称为西历）而不写民国纪年，穿公装（他们称为洋装或西装）而不穿袍子马褂……都要挨青年们的申斥。所以鲁迅说了青年“要少——或者竟不——看中国书，多看外国书”的话，便几乎——实在已经——蒙了“卖国贼”之名，有一位青年质问他，“想做点……事吗?”（原文如此）；而研究教育的报纸上，竟有中等学校的外国文一科应减少时间或改为随意科等等的荒谬主张发现了！据实说，现在的古怪思想，比二十年前的老新党还要古怪些。那时无论青年的指导者或青年，都还知道自惭形秽，应该“去其旧染之汙而自新”，就是那主张保存国粹者，是还没有因为吃了外国人的亏而赞美拳匪的。ㄍㄨㄟㄌㄧㄅㄠㄗㄨㄟ一句话：那时的人都还知道“国必自伐而后人伐之”。而现在则……

我的谬见：对于帝国主义的压迫是绝对应该抗拒的，但同时更绝对应该“要针砭民族（咱们的）卑怯的瘫痪，要消除民族淫猥的淋毒，要切开民族昏愦的痈疽，要阉割民族自大的风（疯）狂”!!!（这是启明的话）。亡清末年，鼓吹排满的两派报纸：一派是痛骂满清政府而讴歌汉族文化（如《民报》，《国粹学报》）；一派是痛骂满清政府而同时并排斥汉族文化（如《新世纪》）。现在抗拒帝国主义，与十几年前排满有些相类；这时候对于“国故”（最广义的），我主张取后一派的态度。

我也很爱国，但我所爱的中国，恐怕也和大同世界一样，实际上尚未有此物，这便是“欧化的中国”这句话。（老实人若要误解，尽管请误解，我可不高兴负解释的责任。）至于有些人要“歌诵”要“夸”的那个中国，我不但不爱它，老实说，我对于它极想做一个“卖国贼”。卖给谁呢？卖给“遗老”（广义的）。他们爱磕头、请安、打拱、除眼镜、拖辮子、裹小脚、拜祖宗、拜菩萨、拜孔丘、拜关羽、求仙、学佛、静坐、扶乩、做古文，用“夏曆”（手民注意！这里不可排“歷”字!），说“中国道德为世界之冠”，说“科学足以杀人”……，爽性划出一块齷齪土来，好像“皇宫”那样，请他们攒聚到那边咬干屎橛去；腾出这边来，用“外国药水”消了毒，由头脑清晰的人来根本改造，另建“欧化的中国”，岂不干脆！讲到救国，我极愿意——也只愿意——“救救孩子”，救救那“没有吃过人的孩子”而已，其他则不敢闻命。

我最佩服ㄧㄅㄙㄌㄣ（易卜生）和ㄚㄦㄘㄧㄅㄚㄕㄝㄎ（阿尔志跋绥夫）的各一段话：

ㄧㄅㄙㄌㄣ对他的朋友说：“我所最期望于你的是一种真实纯粹的为我主义。要使你有时觉得天下只有关于我的事最要紧，其余的都算不得什么。……你要想有益于社会，最好的法子莫如把你自己这块材料铸造成器。……有的时候我真觉得全世界都像海上撞沉了船，最要紧的还是救出自己。”

ㄚㄦㄘㄧㄅㄚㄕㄝㄎ借着ㄕㄝㄎㄧㄦㄧㄛㄎ的嘴说：“为什么，我应该爱你们人类呢？因为他们猪一般地互相吞噬，或者因为他们有这样不幸、怯弱、昏迷，自己千千万万地听人赶到桌子底下去，给那凶残的棍徒们来嚼吃他们的肉吗？我不愿意爱他们，我憎恶他们，他们压制我一生之久，凡是我所爱，凡是我所信的，都夺了我的去了……我报仇……你都明白了罢！……”

野马越跑越远了。这个问题，暂且搁起。

关于批评溥大少爷出习艺所的事件，半农说我们逃不出“狗抓地毯”的定律。这话我却不服。这位青皮阿二是因为关在特别习艺所中，才做拆梢、偷窃、抢劫、奸淫的事业的；那么，他出来了，我们焉得不额首称庆呢？政治舞台上演那走马灯式的把戏，什么大清早张三打坏了李四喽，晌午（音ㄕㄤㄏㄨㄛ）时候李四打坏了张三喽，到了晚上张三又打坏了李四喽；什么王五与赵六拼命，忽然他们俩儿又勾住肩膀去喝白干（音ㄅㄞㄍㄢ）喽，白干还没有喝完，又各在那儿盘辫子捋袖子喽。诸如此类的把戏，卖了气力去批评它的很多：甲曰，张三是而李四非；乙曰，王五曲而赵六直。这种批评，自然也不可少；可是我们（至少我个人）实在不感什么兴趣，真懒得去卖力气。我要学适之的口吻曰，“不值得一评。”

我有一个牢不可破的成见："狗嘴里总生不出象牙来的。"张三、李四、王五、赵六，之所以是狗牙者，以其生在狗嘴里也。若厌恶狗牙而喜欢象牙，只有一个办法：各人自己努力去变象。所以能够引起我们注意的事，便是偶然（不过偶然而已）看见像象的狗和常常（真是常常）看见发疯的狗。前者感觉到刹那间的愉快，后者感觉到有打死它之必要。仪哥儿的取消伪号和赶出伪宫，总算是一件可以愉快的事，所以我那时不免掉了一下子笔头；夫岂"狗抓地毯"之老脾气发作也欤哉！

我的答辩完了。可是我还要跟半农开一次玩笑，我要回敬半农一箭，以表示报复之至意。我说："半农ㄤㄚ！您怎么ㄌㄚ（啦）！'怎么曹三爷曹总统'，'——他妈的——捧着他脑袋儿走'——这跟您有什么相干，要您卖力ㄌㄛ力气做那首《拟'拟曲'》ㄛㄢ！这也许有点儿'狗抓地毯'的味儿吧"——盖闻有我的老同学鲁迅其人者曾经说过："报仇雪恨，《春秋》之义也。"夫鲁迅者，亦半农之"畏友"也。……

半农关于已故"清室举人"林蠡叟（为什么这里要这样称呼他呢？因为该举人请荆生来打金心异那篇文章登在《蠡叟丛谈》中，本金心异恐怕别人不知道这个典故，所以这样称呼他）的话，我却要提出抗议了。本来启明那篇《林琴南与罗振玉》(见第三期),我也有些不同意。我的意见,今之所谓“遗老”,不问其曾“少仕伪朝”与否,一律都是“亡国贱俘,至微至陋”的东西。他们要想比德于顾亭林、黄梨洲诸人,呸!这真叫做发昏做梦!顾、黄诸人是拒洋鬼子之强奸而给自家人守节,所以有价值。今之“遗老”,则因为自家人赶走了洋鬼子,恢复了故业,而帮同了洋鬼子来反对自家人;其人格之卑猥无耻,正与张弘范、吴三桂一样。讲到思想呢,他们既要做“遗老”,根本思想本已荒谬绝伦了;就“卫”一下子“道”,倒也算不了什么。不过孔孟程朱之“道”都是要“尊中国而攘夷狄”的,他们却来“尊夷狄而攘中国”,恐怕孔孟程朱“在天之灵”,不见得乐意他们来“卫道”吧。至于说他们之中,有人在学问上是有成绩的,这是事实,当然不能抹杀,也不应该抹杀;不过这和做“遗老”全不相干。可是说到这个问题上来,不独林纾有介绍外国文学之功,即罗振玉与王国维之整理甲骨古字,康有为之辨伪疑古,劳乃宣之提倡拼音新字,朱祖谋之传刻唐宋金元词,……,在学术界都有相当贡献。

据我看来,凡“遗老”都是恶性的。罗振玉说,“盗起湖北”;林纾说,“禽兽真自由,要这伦常何用!”见《蠡叟丛谈》中之《妖梦》；这两句同样“都是最卑劣的话”。我对于启明有些不同意，就在这扬林抑罗之一点。

半农说，“……后悔当初之过于唐突前辈。我们做后辈的被前辈教训两声，原是不足为奇，无论他教训得对不对。”这话我不仅不同意，竟要反对了。反对之点有二。

一，何以要认林纾为前辈？若说年纪大些的人叫做前辈，那么，年纪大的人多得很哪，都应该称为前辈吗？不过这一点可以不去论它。因为我不愿认林纾为前辈，而半农或因喜欢外国文学的缘故，对于这译了许多外国小说的林纾（虽然他是不认得 ABCD 而译书的），从这一点上愿意称他为前辈，亦未可知。要是这样，自然也很有理由，所以我可以不去论它。

二，何以后辈不可唐突前辈，而前辈可以教训后辈？无缘无故唐突人家，这是无论对于什么人都不可以的，岂独前辈？但前辈若先以唐突加于后辈，则后辈以唐突回敬前辈，恰是极正当之对待。我以为前辈的话说得合理，自然应该听从他；要是不合理，便应该纠正他，反对他；他如果有荒谬无理的态度，一样应该斥责他，教训他，讥讽他，嘲笑他。乃至于痛骂他；决不可因他是前辈而对他退让。前辈后辈，同样是人，本无尊卑贵贱之分。何物前辈，胆敢不管对不对而教训后辈，这还了得！实在说来，前辈（尤其是中国现在的前辈）应该多听些后辈的教训才是。因为论到知识，后辈总比前辈进化些；大概前辈的话总是错的多。一九一九年林纾发表的文章，其唐突我辈可谓至矣。我记得那时和他略开玩笑的只有一个和我辈关系较浅的程演生。我辈当时大家都持“作揖主义”的态度，半农亦其一也。有谁“过于唐突”他呢？至于他那种议论，若说唐突我辈，倒还罢了；若说教训我辈，哼！他也配!!!

半农ㄤㄚ！我希望您别长前辈的志气，灭自己的威风才好ㄨㄚ。

临了，我要璧还“激昂慷慨”四个字的考语。我看了这个考语，实在惭惶无地。鄙人向不激昂慷慨，今日尤不激昂慷慨；非不愿也，是不能也。五年前的玄同，已经够颓废了；半农！“与子别后，益复无聊”，这五年之中，一星半点儿的成绩也没有，不说别的，单说职务上应该编的一部《声韵学讲义》，从一九二〇年某月某日晚上咱们俩在西河沿中西旅馆门口握别以来，至于今，将及五足年了，还没有编出一个字来。观此一端，就可推知近年来的玄同是怎样的颓废，怎样的无聊了。所以“玄同”和“激昂慷慨”的距离，真不止十万八千里。至于在颓废无聊之时，忽然瞪眼跳脚拍桌子者，无他，只是“张脉偾兴”罢了，哪里配得上说“激昂慷慨”呢？

一九二五年三月十七日北京

附：刘半农的信

启明兄：

前三日寄出一篇小文，想来已经收到的了。

你寄给我的《语丝》，真是应时妙品。我因为不久就回国，心目中的故乡风物，都渐渐的愈逼愈近了。在《晨报》上偶然看到了观音寺青云阁琉璃厂等地名，心中总以为这就离我大门不远，我可以随意去走走，花上一毛两毛，拾几本不相干的书。若然想到了朋友他们，那竟是个个都到了面前了。启明的温文尔雅，玄同的激昂慷慨，尹默的大棉鞋与厚眼镜，什么人的什么，什么人的什么……嘿！这都只是些幻觉，并没有什么“干脆的mysfic”！

然而《语丝》竟把诸位老友的真吐属，送到我面前；虽然其中也有几位是从前不相识的，但将来总是很好的朋友。那么，你也可以想见我是多么的快活了！

《语丝》中使我最惬意的一句话，乃是你所说的：“我们已经打破了大同的迷信，应该觉悟只有自己可靠，……所可惜者中国国民内太多外国人耳。”我在国外鬼混了五年，所得到的也只是这一句话。我在两年前就有把这话说出的意思，但恐一说出，你就第一个骂我（因那时你或尚未打破大同的迷信)。别人骂我全不相干，因你是我的“畏友”（五年前的旧话重提了)，不得不谨慎些。现在你先说了，我也就放肆了。

我们虽然不敢说：凡是“洋方子”都不是好东西，但是好东西也就太少。至少也可以说：凡是脚踏我们东方的，或者是眼睛瞧着我们东方这一片“秽土”的，其目的决不止身入地狱，超度苦鬼！

想到上海流氓有“外国火腿”这么一个名词，一部分人以为本国火腿当然不好，外国火腿却是当然该吃。因此他们说：外国人所以待中国人不好者，是中国人先自不好的缘故。又一部分人能于外国火腿中分别牌号：X 主义下的火腿就不好，Y 主义下的就是蜜甜的。但就我原始基本的感觉说，只须问是不是火腿，更不必问什么。我用“原始基本”这四个字，乃是把我自己作一个狗，无论是中国人、英国人、俄国人，他若踢我一脚，我便还他一口。这种思想当然不易为“人”所赞成，因为“逻辑启蒙”上说，“人者理性动物也”。但我在此处，只是说说我个人的意思；我并没有功夫，精神，兴趣来宣传我这种主义。因此“他们”也尽可以安心，不必顾虑着有一条“恶狗拦当路”。

其实，梦也可以做醒了！别的不说，便说赔款这一个问题罢！日本是退还的了，其结果怎样？英国也将要退还了，结果怎样，睁着眼睛看罢！还有许多人要想法国退还，替中国人办学，却不知道法国巴黎大学的物理学教授郭东先生天天在那儿皱眉叹气，说国家太穷了，有许多重要仪器都办不了。

我们吃了败仗，我们赔，我们硬着头皮赔，还有什么话说。上海流氓喊三声好汉，自己戳个三刀六洞：这又是我的原始基本的办法了！

因为溥仪君的一件事，你与玄同都做了一篇文章。玄同文章中还有点牢骚，你的却完全是至诚的忠告。无如这位世兄，一则是年纪尚轻，程度尚低，二则是被他不良的家庭教育坏了，你们的话，说上去不免有些隔靴搔痒。

但是我有些不明白，为什么你们这样起劲？据玄同所说，他从非人升而为人，也不过同青皮阿二出了习艺所一样。那么，为什么天天有青皮阿二出习艺所，你们并不天天写信做文章，却偏在这位世兄身上卖气力？若说你们心中，还存着他是“前皇帝”的观念，那么，你们也就逃不出：“狗抓地毯”的一条定律了！

次一件事，是你与江绍原君讨论的女裤问题。

我想：这种的事不如不谈也罢。我并不以为这件事不能谈，也并不说你们的主张不对。但我总以为服装问题，只有“时尚”是个真主宰；科学家与审美家，都处于无能为力的地位。即如反对缠脚，若单靠了生理学家与审美学家的呼号，恐决没有多大的力量；而从前垫高底装小脚的太太，现在一变而为塞棉絮装大脚者，一大半还是受了洋婆子“裙翻驼鸟腿”的影响。又如高底皮鞋，外国的生理学家没有一个不反对的；但是不幸，他若替他夫人花一百法郎买一双鞋，他就糊涂了！又外国女人盛夏时可以披衣，严冬时可以披纱。你若要从这里面找出个理由来，恐怕也就很不容易。

外国女人穿短裤（说外国女人不穿裤，我有点不相信；我虽没有到外国女人身上查验过，但衣服铺子的广告上，总画着许多女裤，想来是穿的），在现在是没有例外的了。但我看见古装跳舞里，也就有过长过于裙的女裤（式样同中国太太的差不多）。又最近二三年来，法国女人在家里喜欢穿，当初只是当作寝衣，现在竟当作随便的家常衣。这种衣服的式样，十之九是一套中国男人穿的小裤褂，只是多上些花边，裤管也很长。从这两件事实上看，可见裤管短长的本身，并不具有根本的美丑；美丑乃是时尚造成的。那么，现在“裙翻驼鸟腿”的时尚，在中国已有了极大的势力，再过几年，长裤准可消灭；你们两位，不是有些多事么！

在外国研究服装的，可以分作三派。一派是生理学家，就是反对细腰，反对脂粉，反对高底皮鞋的。他们的势力极小，连“刑于寡妻”也不够。第二派是“成衣的美术家”，附庸着个“成衣美术评论家”，而“舞台衣饰美术家”，也可归并在一起算账。他们的势力很大，便就巴黎一处说，所出周刊日刊，就有好几十种。有时他们打起笔墨官司来，——例如一九二一、一九二二两年间的长裙短裙问题——一打可以打上半年，而且巴黎一动手，伦敦纽约等处也同时响应。第三派是服装史家，他们所出专书，就我在书摊子上所看见的说，也就有十数种。他们研究的结果，于历史上有极大的用处。譬如年年五月中的贞德节，节场上卖东西的，变把戏的，以至于加非馆跑堂的，都穿起贞德当时的衣服来，连房子城堡，也做成当时式样，我们进去看看，有多大的趣味！至于历史戏的服装，那是不容说，尤其可以借着这专门学问，得到无限的帮助。

你们喜欢研究服装么？我希望你们做这第三派的服装史学家。

你批评林琴南很对。经你一说，真叫我们后

悔当初之过于唐突前辈。我们做后辈的被前辈教训两声，原是不足为奇，无论他教训得对不对。不过他若止于发卫道之牢骚而已，也就罢了；他要借重荆生，却是无论如何不能饶恕的。

就《语丝》的全体看，乃是一个文学为主，学术为辅的小报。这个态度我很赞成，我希望你们永远保持着，若然《语丝》的生命能于永远。我想当初《新青年》，原也应当如此，而且头几年已经做到如此。后来变了相，真是万分可惜。

说到文学，我真万分的对她不起。她原是我的心肝宝贝！我虽不甚喜欢批评的文学，却爱自己胡诌几句（当然也说不上是创作）。可是自从到了欧洲以后，一层是因为被一加二减直线曲线缠昏了，二层是因为讲究文学的朋友竟是没有，诗炉里生不起新火，竟几乎把她忘了；她竟如被我离弃得很渺远的一个情人一样。

但有时倦乏了，竟还想着她；它有时居然肯来入梦！

我出国后做的诗，大都已抄给你看了。没抄的是一九二一年做的方言诗数十首（仿江阴“四句头山歌”，和一九二三年做的《疯人的诗》数十首，并一九二二年译的《十二个》）。这些都只能回国后整理完了给你看。一九二三年做的《看井》，我当作早已寄出了，却不料前几天才发现，夹在一本书里，今寄上。

去年一年可算没有做诗。有一首《面包与盐》，稿子不知道夹在哪里去了。有两首文言诗，是游戏之作，不妨写在此处：

君问侬家住何处，去此前头半里许，浓林绕屋一抹青，檐下疏疏晾白纻。

阵雨初过万山绿，续断钟声出林曲；君如不怕夜归迟，稍留共看今宵月。

我搜集的《国外民歌》，中间真有不少的好作品，我本拟选译到了相当地程度，好好排比之后，出一部专书。现在却拟改计，译一些发表一些，将来译多了再整理。发表的地方，颇想借重《语丝》，不知你要不要把他一脚踢出。但如《歌谣》里也要，就只有平半分赃之一法。

我希望回国之后，处于你们的中间，能使我文学的兴趣，多多兴奋一些。

我在此间的情形，想你已知道，不赘。问好。

弟刘复

一九二五年一月二十八日巴黎

【原载一九二五年三月三十日《语丝》第二十期】

回语堂的信

语堂先生：

您说中国人是根本败类的民族，有根本改造之必要，真是一针见血之论；我的朋友中，以前只有吴稚晖、鲁迅、陈独秀三位先生讲过这样的话。这三位先生的著作言论中，充满了这个意思，所以常被“十足之中国人”所不高兴。我觉得三十年前“中学为体，西学为用”这个老主意，现在并没有什么改变，不过将“用”的材料加多一些而已。他们以为“用”虽可以加多，而“体”则断不容动摇，试略言之。中国人不懂科学，不会制枪炮，不会造洋房，不会修马路，他们是可以承认的；他们说，这些都是“形而下之器”而非“形而上之道”，不及人家，不算ㄏㄢㄔㄣ，好在我们的精神文明是冠绝全球的。说中国的政治法律不及西洋，他们也可以承认的；他们说，政法是末，道德是本，政法窍败，不算丢脸，好在我们的道德是天下第一的。所以李鸿章、张之洞等人要造枪炮，要造军舰，稍微明白的人也认为当务之急；康有为、梁启超等人要开议院，要改官制，稍微明白的人还来附和响应。到了陈独秀、胡适等人要戳穿“冠绝全球的精神文明”的丑相，要撕破“天下第一的道德”的鬼脸，明明白白地提倡新文化，新道德，则除了极少数的几个人外，无论顽固党与维新党，亡清遗奴与西洋博士，老头子与小孩子，都群起而攻之，誓不与之共戴天了。这是什么缘故？就因为动摇了他们的“体”丨丫。

八九年来，我最佩服吴、鲁、陈三位先生的话，现在您也走到这条路上来了，我更高兴得了不得。我要把我心中的话信笔写出，想到哪里，便写到哪里，乱七八糟，毫无条理；反正我是不会做文章的，写得没有条理，乃是当然之结果。

从前提倡革命的人们（孙中山、吴稚晖数先生除外），其目的仅在救亡。救亡固然是极应该的，但革命的目的决不在此。以此为革命的目的，实在是根本大错误。若因救亡而革命，则转亡为存以后便可以不革命吗？假使中国现在国势还是很强，武力足以御外，便可以不革命吗？假使中国国势虽弱，武力虽不足以御外，而别国也与我们同样的不济，或他们没有侵略我们的野心，我们便可以不革命吗？我以为现在的中国，无论国强国弱，国危国安，国存国亡，革命总是不可以已。吾人一息尚存，革命之志总不容少懈。何以故？以中国人为根本败类的民族，有根本改造之必要故。至于一时的国势危殆，算不得什么大不了的事，以此为革命的目的，真所谓目光如豆，宁有是处！

革命这个名词，“十足之中国人”——无论智愚贤不肖——都恶之如蛇蝎，畏之如虎狼。据我看来，真是寻常而又寻常，当然而又当然的一件事，用不着这样瞎起恐慌。革命本是“夫妇之愚可以与知”的，但是竟弄到“圣人亦有所不知”，岂非大奇！人们吃饭，本为养生，但若吃得太多，或吃了不消化的东西，或吃了不卫生的东西，或因别种缘故，以致胃肠中作起怪来，那便须吃篦麻油、补丸、泻盐、硫苦这一类药品，使它泻泄，这就是革命。这种革命都是“夫妇之愚可以与知”的。推而至于一个民族的生活样法，彼此或是明约，或是默契，定了许多条目，如所谓道德、彝伦、礼乐、刑政等等。拿来共同遵守，过了些时候，因为生活的改善和知识的进步，觉得这些条目有毛病了，不适用了，或更有独夫民贼和桀黠之徒把持它，利用它，来欺侮大众，那便须用嘴、笔、枪、炮，把那些坑人的条目撕破、践踏、摧烧，这也是革命。这种革命就不免弄到“圣人亦有所不知”了。中国近年来的革命实行家，惟孙中山先生深知此义。他自己的思想，是时时进步的。他的著作言论我所见过的，为（1）

一八九四年给李鸿章的信；(2) 一九〇六年十二月二日在东京《民报》纪元节庆祝大会中的演说(见《民报》第十期)；(3) 一九一八年出版的《孙文学说》；(4) 一九二四年出版的《三民主义的演讲录》。从这些文章里，很可考见孙先生在这三十年之中思想时时进步，因为他自己的思想时时进步，所以他能够以革命为终身的事业。这样以革命为终身的事业的人，不是“十足之中国人”——无论智愚贤不肖——所能了解的，所以他们都认孙先生为敌人，所以他们都痛恨革命，害怕革命，所以中国近年来虽有革命之名而丝毫没有收到革命之效，所以根本败类的民族依旧是根本败类。

讲到现在的中国人，工艺与政法固然很坏，固然应该革命，而道德与思想则更糟糕到了极点，尤其非革命不可。不说别的，单看近年来“十足之中国人”的反革命的论调，便可窥见其糟糕之一斑，随手举几条为例：

甲曰：你们说外国文明吗？外国也有臭虫，也有娼妓，也有流氓，也有盗贼，……

乙曰：你们说科学好吗？科学足以杀人——你看，外国人现在也明白了，他们知道东方文明的好处了。他们的物质文明破产了，他们要来研究我们的精神文明了。

丙曰：你相信西医吗？孙中山的肝癌，西医

终于医不好：而胡适之的肾脏炎却是中医医好的。你还说西医好吗?

丁曰：你说外国男女平等吗？中国人才是能尊敬女子的人格呢。你看，中国人结婚，新郎须到坤宅去亲迎新妇，这是多么平等啊！恐怕外国女人听见了，还恨不得来做中国人，受男子这样的尊敬呢。

戊曰：《原富》有什么希奇！大学第十章《生财有大道》一节早已谈过经济学了。什么民治主义，什么共产主义，什么无政府主义，这又算得什么！不是《礼记·礼运篇》“大道之行也”一节早已把“大同学说”发挥尽致了吗?

己曰：洋鬼子文明，我偏野蛮！洋鬼子要卫生，要清洁，我偏要随地吐痰，自由放屁！中国人生成就是这么脏的!

庚曰：你们太新了。就是外国人也还没有做到这样，不要说中国人了。(这条一时想不出例来，但我的确听见有人讲过这样的话。)

看这几类人的话，把“不肯向上，不肯服善，不自知其丑，妄自尊大，以丑自豪”种种糟糕的道德与思想都表现出来了。

这种种糟糕的道德与思想，可用一言以蔽之曰，“不拿人当人”。他们不拿别人当人，也不拿自己当人。先生所反对的“中庸、乐天知命、让、悲观、怕洋习气、不谈政治，”这一类都是不拿自己当人的。说到中国人的“中庸”，我以为鲁迅先生的话最痛切了：“遇见强者，不敢反抗，便以‘中庸’这些话来粉饰，聊以自慰，所以中国人倘有权力，看见别人奈何他不得，或者有‘多数’作他护符的时候，多是凶残横恣，宛然一个暴君，做事并不中庸；待到满口‘中庸’时，乃是势力已失，早非‘中庸’不可的时候了。一到全败，则又有‘命运’来做话柄，纵为奴隶，也处之泰然，但又无往而不合于圣道。”（《猛进》第五期）中国人对于外国人，那种“不拿人当人”的古怪心思表现得最为深刻。自己兵力强的时候，称外国人曰“夷狄、逆、寇”还要把人家的种名国名加上“犬”旁（客气一点则加“口”旁）。如果把外国人打败了，处置俘虏，那是什么惨无人道的待遇都会想出来施行的。可是自己打了败仗，那便马上会把“夷狄、逆、寇”改为“爷爷、爹爹、叔叔”的。到了外国人长驱直入，做了中国的皇帝，则又立刻就会“天朝、圣上”叫的应天响的；一旦这位外国“圣上”和他开起玩笑来，把他绑到菜市口去“伏诛”，他还要向阙谢恩，而后引颈就戮，据说这叫做“雷霆雨露，莫非天恩”，又叫做“臣罪当诛，天王圣明”。——这一个怪现象，大概可以做为我们这个根本败类的民族种种糟糕的道德与思想的代表了。

回到本题来说，根本败类当然非根本改革不可。所谓根本改革者，鄙意只有一条路可通，便是先生所谓“惟有爽爽快快讲欧化之一法而已”。我坚决地相信所谓欧化，便是全世界之现代文化，非欧人所私有，不过欧人闻道较早，比我们先走了几步。我们倘不甘“自外生成”惟有拼命去追赶这位大哥，务期在短时间之内赶上；到赶上了，然后和他并辔前驱，笑语徐行，才是正办。万万不可三心两意，左顾右盼，以致误了前程，后悔无及。至于所谓“复兴古人之精神”，我也持反对的态度；先生所说两个反对的理由，我都完全同意。我以为若一定要找中国人做模范，与其找孔丘、墨翟等人，不如找孙文、吴敬恒、胡适、蔡元培等人。

现在另说几句闲话，有一点我与先生所见微有不同。我不以“唐宋不如两汉，两汉不如周末”之说为然。大家对于宋明很讨厌者，因为那个时代出了几位理学先生而已。我则以为对于一个时代的文化，要就全体观察，不能专看几位“正统派学者”而下断语。依我的研究，中国的历史的确也是进化的，汉唐实胜于晚周，宋明实胜于汉唐。自然，从董道士罢黜百家独崇儒术以后，二千年中，思想被压，不易发展。但聪明的人们仍能在脚镣手铐之中拼命挣扎，留下许多活动的成绩。艺术家不待言。学者之中，如王充、刘知几、王安石、郑樵、朱熹、陈亮、黄宗义、颜元、戴震、章学诚、崔述这些人的思想，比孔丘、孟轲要精密得多（记得从前章太炎师谈过，荀况之学过于孔丘，这话也很对）。拿《孟子》和《孟子字义疏证》比较，觉得孟轲还够不上懂得戴震的话。——这里所说，乃是估这班陈死人在历史上的价值，与现在无关。若说现在，则又进化了，吴敬恒比颜元好，胡适比戴震好，梁启超比章学诚好，顾颉刚比崔述好。

咱们俩过屠门而大嚼，开口“欧化的中国人”，闭口“三中七洋的中国人”，这种理想要它实现，谈何容易？也只好套先生《谈理想教育》文中之笔调曰：“然实现与不实现都不相干，我们在此奄奄待毙的中国人中所能求的慰安是一种画饼充饥望梅止渴之办法而已。”（不过这句话与先生所主张“不悲观”之说似有抵触，一笑！）

先生借半农之语以评三种周刊，甚妙。惟先生也将“激昂慷慨”这块璧送来，我还只好“奉赵”。我哪里配得上这四个字呢？

日前晤徐旭生先生，他说他也讨厌英国的ㄓㄣㄊㄌㄇㄣ但却喜欢法国的ㄖㄤㄌㄧㄛㄣ。ㄓㄣㄊㄌㄇㄣ与ㄖㄤㄌㄧㄛㄣ之不同，我不知道。但我却很以吴稚晖、鲁迅两先生之言为然。吴先生口口声声自承为流氓；鲁先生在《猛进》第五期中主张“摇身一变，化为泼皮，相骂相打。”这流氓与泼皮，我“虽不能至，然心向往之”。

初提笔时，想说的话觉得很多，但一面写，一面忘记，写到现在，已经头涨眼花了，隐隐听到远处“鸡既鸣矣”，实在有睡觉之必要，只好不再写下去了；那有余不尽的废话，留待改天兴致好时再继续笔谈吧。

复颂“十”安，并候“洋”祺，不备。

一九二五年四月十三日午前三点，四分……，写完。

附：林语堂的信

玄同先生：

我刚刚读过你的《写在半农给启明的信的后面》一篇大著，使素非“激昂慷慨”的我也要跟人家“瞪眼跳脚拍桌子”，忍不住也来插说几句，也借此可以聊补我对于《语丝》逃懒足足两个整月之过。若弟也者，诚可谓之“Sleeping partner”也（此语未知如何译法，姑从直译先生的土计，译作“睡觉的伙计”）。近来睡觉觉得已够，作文之心复起，适来了先生潇洒幽默之大文，再好的题目没有了。

未入正题，先说一句闲话：半农的信里头有

一句恭维先生的话而为先生所璧还者（我是先读先生之“璧还”然后读半农之原璧）。半农想念启明之温文尔雅，先生之激昂慷慨，尹默之大棉鞋与厚眼镜……此考语甚好，先生何必反对？但是我觉得这正合拿来评近出之三种周刊：温文尔雅，《语丝》也（此似乎近于自夸，姑置之）；激昂慷慨，《猛进》也；穿大棉鞋与带厚眼镜者，《现代评论》也（《现代评论》的朋友们不必固谦，因为穿大棉鞋与带厚眼镜者学者之象征也；以《现代评论》与《语丝》比，当然是个学者无疑，且不失其“ㄓㄣㄊㄌㄇㄣ”身分者也）。固然，激昂慷慨不必限于《猛进》，温文尔雅不必限于《语丝》。此亦犹厚眼镜（学者之象征）不必为尹默所独有而可于玄同身上求之耳。

由此还得插说一句，我虽未见半农之面，却胆敢拉半农名字。所以然者，一来为半农是先生的旧友，二来依先生言，半农并无ㄓㄣㄊㄌㄇㄣ之架子，凡无ㄓㄣㄊㄌㄇㄣ架子者，皆吾友也。弟意大学教授中应有这种的人格，不应尽是胡须这么长，冠冕堂皇可派赴赛会者。因为世界上的ㄓㄣㄊㄌㄇㄣ与ㄐㄩㄣㄗ本来这样多，若并大学里头而充满他们，我们的鼻孔将向那儿喘气呢？

闲话少说，言归正传。先生的“欧化的中国”论及“各人自己努力去变象”的话，说得痛快淋漓，用不着弟来赞一词。此乃弟近日主张，且视为唯一的救国办法，明白浅显，光明正大，童稚可晓，绝不容疑惑者也。故不妨借题发挥来多说几句。弟近有“孙中山非中国人”之论，其见地主张，完全与先生所持一致。弟本来以为民国有一个伟人，近日细想，此一伟人乃三分中国人，七分洋鬼子，“此乃痛心话，若有人以为兜玩笑的话，也只好由他去罢”，然则欲再造将来的伟人，亦惟在再造七成或十成的洋鬼子而已，此理之最明者也。半农先生在巴黎想起青云阁琉璃厂来。因而有“中国国民内太多外国人”的谬论(只可当他为谬论)，谓“在国外鬼混了五年，所得到的也只是这一句话”。此乃半农在外留学五年所致。若是仅留学一年半载，或回国天天看国内日报张三打李四，王五请赵六喝白干的新闻，只会感觉到国内外国人太少，不会有外国人太多之叹。即以弟个人而言，今日之主张，亦系回国后天天看日报之结果，此弟一年来思想之变迁也。

今日谈国事所最令人作呕者，即无人肯承认今日中国人是根本败类的民族，无人肯承认吾民族精神有根本改造之必要。他们仿佛以为硬着头皮，闭着眼睛，搬运点马克斯主义，或德谟克拉西，或某某代议制，便可以救国；而不知今日之病在人非在主义，在民族非在机关。夫“民为邦本，本固邦宁”，然则邦不宁，非其根本腐败之铁证而何？近日孙先生之死，虽有了不少的名士照例来奉扬，助祭，做挽联，提倡什么主义什么党纲，察其语调，一若甚舒服自在者然，而真实为国悲感者绝少，一若高调一唱，将来中国定然有望。惟其不肯承认今日中国人是根本败类，奴气十足，故尚喜欢唱高调，尚相信高调之效力（废督裁兵咯，国民会议咯，护宪咯，拒贿咯……等等花样甚多），故此高调终是高调而不能成为事实。惟其不肯承认今日中国人是根本败类，故尚有败类的高调盈盈吾耳（如先生所举“赶走直脚鬼”，“爱国”及“国民文学”三种及什么“国故”、“国粹”、“复辟”都是一类的东西），故尚没人敢毅然赞成一个欧化的中国及欧化的中国人，尚没人觉得欧化中国人之可贵。此中国人为败类一条不承认，则精神复兴无从说起。

欧化中国人之可贵，是至显而易见的事实，现在不妨再说几句。孙中山之非中国人，已于《猛进》（第五期）说过了，然则再造将来的伟人也惟在再造七成或十成的洋鬼子，是不待辩而可明了。现且姑置勿论，而论段祺瑞与吴稚晖。段祺瑞者，十足之中国人也；吴稚晖者，九成半欧化之中国人也。观此次孙中山出殡事，可知也。段先生不想祭孙中山，便罢；想祭孙中山，则非排出其执政之架子不可，卫队等等不必说，大礼服不穿上似有失执政之尊严，且因穿大礼服而毅然洗足，因洗足而皮鞋穿不上，因皮鞋穿不上而恼起来，索性不去祭，祭也是段祺瑞，不祭也是段祺瑞……好了，派个代表致祭，此非一副活现十足之中国人的写照而何？吴稚晖呢，却是钻在人群中，抱着一大捆白话的挽诗，逢人便送，非九成半欧化之中国人，曷克臻此？不必说十足之中国人段祺瑞办不到，即使欧化一二成之熊希龄、黄郛，亦未必有此气象也。我们因此，暗中得一个印象，即国内外国人太少，及欧化中国人之不可多得也。

诚然今日最重要的工作在于："针砭民族卑怯的瘫痪，消除民族淫猥的淋毒，切开民族昏愦的痈疽，阉割民族自大的风（疯）狂"（启明的话）。然弟意既要针砭、消除、切开、阉割，何不爽爽快快行对症之针砭术，给以治根之消除剂，施以一刀两断猛痛之切开，治以永除后患剧烈的阉割。今日中国政象之混乱，全在我老大帝国国民癖气太重所致，若惰性，若奴气，若敷衍，若安命，若中庸，若识时务，若无理想，若无热狂，皆是老大帝国国民癖气，而弟之所以谓今日中国人为败类也。欲一拔此颓丧不振之气，欲对此下一对症之针砭，则弟以为惟有爽爽快快讲欧化之一法而已。固然以精神复兴解做"复兴古人之精神"，亦是一法。然弟有两个反对理由。第一，此种扭扭捏捏三心两意的办法，终觉得必无成效。且若我们愿意退让以求博一般社会之欢心，则退让将无已时，而中国之病本非退让所能根治也。治此中庸之病，惟有用不中庸之方法而后可耳。第二，“古人之精神”，未知为何物，在弟尚是茫茫渺渺，到底有无复兴之价值，尚在不可知之数。就使有之，也极难捉摸，不如讲西欧精神之明白易见也，或者唐宋中国人不如两汉中国人，两汉中国人不如周末中国人也不一定，如是则古人之精神或有可复者，故周末尚可出一个孟轲讲“善养吾浩然之气”，及墨翟之讲兼爱，此乃其时精神未死之证。即如孔子，也非十分呆板无聊，观其替当时青年选必读诗三百篇，《陈风》，《郑风》选得最多，便可为证。(说到这个，恐话太长，姑置之。惟我觉得孔子乃一活泼泼的人，由活泼泼的人变为考古家，由考古家变为圣人，都是汉朝经师之过。今日吾辈之职务，乃还孔子之真面目，让孔子做人而已。使孔子重生于今日，当由大理院起诉，叫毛、郑赔偿名誉之损失。如《论语》所谓“席不正不坐”这话，到底是谁说的，我们只好姑妄言之姑妄听之而已，个人以为孔子未尝呆板乖癖至此。否则孔子当门人前席不正不坐而已，如此则孔子所行直与冯玉祥在客前不吃燕窝鱼翅同等，惟弟决不相信孔子如此也。这是闲话，表过不提。）总而言之，就使古人有比较奋勇活泼之气，然既一厄于儒墨之争，再厄于汉时十四博士之经学，三厄于宋明人之理学（《大学》《中庸》是宋人始列入四书，是中国人之成败类自宋朝始），古人之精神已无一复存，此种之精神复兴恐怕不大容易讲吧，除非有一位费希特来重新替我们讲给我们听古人是如何精神法子。弟史识浅陋，未知吾兄有以教我乎？

野马跑得太远了，赶快收束吧。总而言之，我近来每觉得精神复兴之必要，因为无论国事或教育，所感觉进步最大的魔障，乃吾人一种颓丧之习气：在此颓丧习气之空气内，一切改良都可扮出一些笑剧来。三十年前中国人始承认有科学输入之必要，二十年前始承认政治政体有欧风之必要，十年前始承认文学思想有欧化之必要。精神之欧化，乃最难办到的一步，且必为“爱国”者所诋诬反对：然非此一步办到，昏愦卑怯之民族仍是昏愦、卑怯之民族而已。弟尝思精神复兴条件适足以针砭吾民族昏愦、卑怯、颓丧、傲惰之痼疽者六，书于下方以待参考，不复多赘（这也可识不识时务之我的一点鄙见，一笑）：

1. 非中庸（即反对“永不生气”也）。

2. 非乐天知命（即反对“让你吃主义”也，

他咬我一口，我必还敬他一口）。

3. 不让主义（此与上实同。中国人毛病在于什么都让，只要不让，只要能够觉得忍不了，禁不住，不必讨论方法而方法自来。法兰西之革命未尝有何方法，直感觉忍不住，各人拿刀、棍、锄、耙冲打而去而已，未尝屯兵秣马以为之也）。

4. 不悲观。

5. 不怕洋习气。求仙，学佛，静坐，扶乩，拜菩萨，拜孔丘之国粹当然非吾所应有，然磕头，打千，除眼镜，送讣闻，亦当在摒弃之列。最好还是大家穿孙中山式之洋服。

6. 必谈政治。所谓政治者，非王五赵六忽而喝白干忽而揪辫子之政治，乃真正政治也。新月社的同人发起此社时有一条规则，谓在社里什么都可来（剃头，洗浴，喝啤酒），只不许打牌与谈政治，此亦一怪现象也。

玄同先生！因为你的一篇大文，使我诌了一大堆的砖瓦，未知有当否，然这回我对于《语丝》的义务可尽了。顺颂“欧”安，并问“化”祺，不宣。

十四，四，七，弟语堂

【原载一九二五年四月二十日《语丝》第二十三期】

关于反抗帝国主义

“反抗帝国主义”这一句话，空嚷了几年，这回“五卅惨剧”发生，反抗帝国主义的实行期便从此开始了，罢课，罢工，罢市，对外人抗议，对民众演讲，主张与英日断绝经济关系，建议派兵保护上海租界上的市民，……这自然都是当务之急。讲到帝国主义者历来对于咱们的侵略行为，和咱们现在对付这回事件的种种办法，近日报章杂志上论述甚多，我大致看过一些，都觉得很好；我并没有什么特见可以发表，所以不来赘说。

现在要说的，乃是忽然记起以前见过的两句口号，叫做“内除国贼，外抗强权”，从这口号里引出的一点意见。（这两句口号出在哪里，这八个字有无错误，都记不真切了，反正这没有什么关系。）

帝国主义者对于咱们施行政治的和经济的侵略，真可谓无所不用其极了。（关于这一点，可看孙中山先生的《民族主义》第二讲，他叙述此事，最为简单明了。）咱们被人家侵略，绝对的不应该投降，绝对的应该反抗。这是天经地义，不容丝毫疑惑的。这回的事，起初是青岛的日本纱厂惨杀中国工人，后来是上海的英捕房惨杀中国学生及其他，所以现在就事论事，大家都专心一意地反抗日英两国，专心一意地反抗他们这回杀人的事件。将来反抗的结果究竟怎样，现在谁也不能知道。但即使“如天之福”，现在学生联合会等等所提议的种种条件竟办到了，难道反抗帝国主义这件事就算做完了吗？不然！不然！绝对不然！不但不能算做完，简直还没有动手ㄋㄝ！帝国主义者，岂仅英日？侵略的行为，岂仅这回杀几十几百个人？政治的经济的层层压迫，若没有亿兆分的努力反抗，而妄想轻轻松松的解除，天下没有这样便宜的事！所以我认为反抗帝国主义，简直是咱们中国人今后毕生的工作。

这回的事件将来结束以后，凡有脑筋的人们都应该努力去干一件工作。这工作便是“唤醒国人”。这被唤醒者应该是国人全体，并非限于一般所谓民众。唤醒者自己亦当在被唤醒者之列：一则凡述说真理，针砭旧锢，本非专为谴责他人，责人以善，其实也是忏悔自己，改善自己；二则天下本无万能的人，A 事甲为唤醒者而乙为被唤醒者，B 事则又乙为唤醒者而甲为被唤醒者，所以是互相唤醒，无论何人，决不应自居为全智全能全善全圣之上帝，而超然于一切人们之外。因为被唤醒者是国人全体，所以“高调”实有“唱”它之必要，而低调也得要唱它一下子——举个例说，ㄧㄅㄌㄣ和ㄊㄛㄌㄙㄊㄛ诸人的学说应该介绍，而放脚和剪辫的话也得要说。

“人必自侮然后人侮之，家必自毁而后人毁之，国必自伐而后人伐之”：孟老爹这三句话，真是颠扑不破的至理名言。帝国主义者侵略咱们，咱们固然应该反抗他们，但断不可一味的愤恨他们来侵略，应该自己反省一下子：“为什么他们不侵略别国而来侵略咱们ㄋㄝ？为什么咱们以先称为‘洋鬼子’的，一旦他们兵临城下，咱们竟会那样不生心肝，不要脸皮，乖乖的高呼‘洋大人’（那时便要敬避违碍字样而改写为‘洋口子’了），双膝跪倒，摇辫乞怜ㄋㄝ？”呜呼！“为是者，有本有源”ㄋㄚ！咱们要知道！咱们以先本是“做奴才”ㄧㄚ！咱们的不肖祖先编纂许多《婢仆须知》，使“家弦户诵”者二千余年于兹矣（再以前“书缺有间”，不能确知，但决不会反比后来高明，这是可以武断的）。这种奴才教育浃髓沦肌，自然异族侵入，甘为洋奴西崽而不敢辞——实在是义不容辞。是个国民，才有处理政治之天职，奴才配有吗？是个国民，才有抵御外侮之义务，奴才配有吗？二千余年以来之中国人，既束身于《婢仆须知》之中，则受帝国主义的侵略，固其所也。古之帝国主义者五胡、沙陀、契丹、女真、蒙古、满洲诸族“提兵入关，定鼎中原”，该奴才既已高呼“圣天子”矣，则今之帝国主义者条顿、拉丁、盎格鲁撒克逊、斯拉夫、大和诸族施行政治的和经济的侵略，该奴才们高呼“洋大人”正是当然了。

《婢仆须知》之教育交了二千余年的好运，到了二十世纪开始，忽有孙中山其人者不肯“安分”，实行“犯上作乱”，立志放奴，创为“三民主义”，有志竟成，居然满清给他推倒，民国给他组成；极少数之被他唤醒者于是对于今之帝国主义者也起了反抗之志，这自然是可喜之事，但这不过极少数而已。大多数之国人沦于奴籍者有年于兹，实在不容易振拔，所以他们表面上虽然也算是中华民国的国民，骨子里还是满清帝国的遗奴（他们之中有反对满清者，则是汉唐宋明的遗奴）。因为奴才本没有处理政治之天职和抵御外侮之义务，所以他们不管这些事，所以像这回的惨剧发生，极少数人嚷得力竭声嘶，而他们不是置若罔闻便是莫名其妙。这固然令人气破肚，但实在也不能怪他们，他们原是读《婢仆须知》出身的丨丫。

但是他们如此糊涂，可真是一件大不了的事，因为长此不变，不但他们将永沦奴籍，万劫不复，即此极少数人亦终必陪着他们去送死！所以唤醒国人，实为今后有脑筋的人唯一的工作——救命的工作。

怎样去唤醒国人？自然其道多端；上文说过，高调低调都得要唱。但无论唱高调低调，基本观念只有一个，便是“将《婢仆须知》撕破，践踏，焚毁”：——这是我所谓“内除国贼”。

编“内除国贼”这句口号的人所谓“国贼”，当是指军阀政蠹而言。军阀政蠹自然是国贼，但我觉得不值得特别去提他们，因为他们非由天降，非由地出，固来自田间也，军阀政蠹一旦倒了运，与普通国人固无以异；普通国人一旦走了运，还不是十足道地的军阀政蠹吗？那么，不唤醒国人，不改良国人，而徒沾沾焉惟军阀政蠹之是詈，真舍本逐末之论也！而况军阀也常要滑稽的骂军阀，政蠹也常要滑稽的骂政蠹。他们自暴其丑给我们听，我们只消点头微笑道，“ㄛ！原来如此！”就尽够了。

凡与中华民国国体政体和一切组织抵触的，都是“国贼”，都应该“除”它，而且“除恶务尽”！试举数例：什么纲常名教ㄨㄚ，什么忠孝节义ㄧㄚ，什么文圣武圣ㄤㄚ，什么礼教德治ㄚ，什么文以载道ㄨㄚ，什么元首小民ㄋㄚ，什么安分守己丨丫，什么乐天知命尢丫，什么不问政治丫，什么“天下有道，则庶人不议”丨丫，什么“民可使由之，不可使知之”丫，什么“各人自扫门前雪，莫管他家瓦上霜”尢丫，什么“济人利物非我是，自有周公孔圣人”ㄋ丫，……种种屁话，都刻在《婢仆须知菁华录》上，有一于此，国即不国！这些国贼，本应该在民国纪元前一年一九一一年十月十日那天宣告死刑，本应该在民国元年（一九一二年一月一日那天执行枪决。何以故？因为它们都是专制帝国的保镳者，而绝对与共和民国相抵触故，只因当时任它们逍遥法外，以致十四年来所谓中华民国也者，仅有一张空招牌，实际上是挂羊头而卖狗肉，大多数的国人都是死守帝国遗奴的本分，不能超升为民国的国民：够得上算民国国民的，只有那极少数的几个觉醒者。单靠他们来保国，单靠他来反抗帝国主义，绝对是不够的。所以今后唯一的救亡之道，觉醒者唯一的工作，便是唤醒国人。唤醒的教育，消极方面是“除国贼”，积极方便是请德先生（Democracy）、赛先生（Science）、穆姑娘（Moral）来给咱们建国。大多数的国人受过这个教育，奴性逐渐消灭，人性逐渐发展，久而久之，人人都能明了自己有处理政治之天职和抵御外侮之义务，则国才有保得住的希望，帝国主义才有反抗得成功的希望。

保国是保住与咱们生活有关的中华民国，绝对不是什么“保存国粹”。那些什么“国粹”，便是上文所谓“国贼”，不但不应该“保”它，而且还应该“除”它。反抗帝国主义是反抗侵略咱们的强权，绝对不是“排外”。向咱们施行帝国主义的外国的文化，都比咱们高得多多，咱们不但不应该“排”它，而且有赶紧将它“全盘承受”之必要，因为这是现代的世界文化，咱们中华民国也应该受这文化的支配。所以我以为“外抗强权”应该只抗“强权”。

总而言之：

咱们应该爱中华民国，而过去的“鸟国粹”应该连根拔除，所以周公、孔子以及一切圣帝明王之道在所必摈。

咱们应该反抗英国（举以为例）的帝国主义，或至与他绝交，宣战，而现代的世界文化应该全盘承受，所以ㄅㄟㄎㄣ、ㄋㄧㄨㄊㄣ、ㄨㄛㄊ、ㄇㄧㄌ、ㄉㄚㄨㄧㄣ、ㄙㄆㄣㄙㄜ、ㄏㄜㄘㄙㄌㄧ、ㄦㄜㄙㄌ的学说在所必用。

可是大多数的国人的见解，与这所说的正相反背。他们对于中华民国，感情非常淡薄，甚至还厌恶他，仇视他；而对于有害于咱们的“鸟国粹”，反拥护之惟恐或失。他们对于帝国主义者的侵略，能够忍受，甚至还信用他，仰赖他，而对于有益于咱们的现代的文化，反排斥之不遗余力。这种颠倒是非的现象，便是亡国灭种的根苗！

我现在再说几句话来结束此文。

不爱中华民国，国必亡！甘愿托庇于“洋大人”之胯下，国必亡！守住已死的“鸟国粹”，国必亡！拒绝现代的文化，国必亡！要不亡国，除非由有脑筋的人们尽力去做“唤醒国人”的工作，使国人把这种亡国的心理反过来。

一九二五年六月八日

【原载一九二五年六月十五日《语丝》第三十一期】

《甲寅》与《水浒》

章士钊主张“文以载道”，不喜欢看小说（虽然他自己是做过小说的，“前《甲寅》”上登过他做的《双枰记》），他说，“愚夙不喜小说，红楼从未卒读。”因为这样，所以《甲寅》周刊中骂白话文的句子，虽然东现一鳞，西露一爪，闪光缎似的煞是好看，但还没有骂过白话小说，对于被“梁任公献媚”过的“小生”们提倡以白话小说为白话文的范本之一种这件事也未曾见他骂过，这未免有些美中不足，未极卫道之能事。现在好了，有人来提醒他，代他骂了。《甲寅》周刊第五号第二十一页至二十二页中登着一个姓汪的通信，录之如下：

……大著屡斥白话文贻误青年，自是正论，然吟龙以为其弊犹不止此。往者语体初兴，未有教本，不得已而摭拾《水浒传》《七侠五义》等小说为范。天下青年，趋之若鹜。当时吟龙谬膺讲席，曾著一论，以为庚子拳祸，远因实种于流毒社会之武侠小说，故拳党之所崇奉，不外孙悟空、黄天霸一流。然拳祸虽烈，要不过一时一地，非如现时之遍地皆匪也。今号称先觉者，更率青年而归焉，几何不胥天下而沦于盗薮也。友人某君，尝言读《水浒传》三日，便有敢笑黄巢不丈夫之感（《水浒传》所载宋江诗）。今之怀抱利器，郁郁不得志者，何可胜数，而足以导人为盗之下等说部，又倍蓰《水浒》等传而无算。将来趋势，不问可知。古圣著书，防微杜渐，今乃极力宣传鼓吹于盗之为，是可叹也。

于是章士钊也喟然叹曰：

白话之弊，诚如尊言。此于厘正文体而外，更增一义，忧时君子，毋忽斯言。

这样一吹一唱，虽然一个是短短几行，一个是寥寥数语，而卫道之诚，“忧时”之切，溢于言表，其有功圣门，殆过于刻在《古文观止》里的那篇《原道》；我想“九原有知”，韩愈当兴“后生可畏”之感矣。

我看到“毋忽斯言”一句以后，顺手翻下一张，发现奇迹了！原来从第二十四页起登着一篇什么《光宣诗坛点将录》，又是一个姓汪的的大手笔。我看了这个题目，颇觉纳罕：这《点将录》好像不是“载道”之文ㄋㄚ！嘴巴正发疑问，眼睛已经关到几个字了：“托塔天王晁盖，天魁星及时雨宋江，天罡星玉麒麟卢俊义，……”ㄚ！

奇怪丨丫！这些姓名不是出在那“流毒社会之武侠小说”水浒上的ㄇ丫？夫“今号称先觉者”们“摭拾《水浒》……为范”，“率青年而归焉”，已不免使有心人兴“几何不胥天下而沦于盗薮也”之慨矣。虽然，那些“今号称先觉者”们，实在不必去怕他的，因为“以北方朴实默持风会者有年”的王树枘曾经说过“然爝火之光，万难久烛。是在有力者之设法挽回耳”这样一句话的。而且王某又说，“孟子曰，以时考之则亦可矣。”（谨案，我曾经读过一部监本《四书》，只有《孟子》的《公孙丑章》句下有“以其时考之则可矣”一句。王某所引的，大概是出于赵岐的《孟子题辞》中所谓“又有外书四篇”里头ㄉ丫；或者别本《孟子》中有这样一句，正如《红楼梦》第九回中李贵说的“第三本时经”中有“呦呦鹿鸣，荷叶浮萍”两句一样，也说不定。）章士钊毅然答道，“孟子果不吾欺，先生之道仍当大明于世。”由是更可证明“今号称先觉者”们之不足畏矣。可是章士钊不能这样随便！他是以“图正时趋”自任的！那么，他刚说过“忧时君子毋忽斯言”，言犹在耳，而“托塔天王晁盖……”字样遽尔出现，仆不敏，窃不免“心上有杞天之虑”矣，盖恐“将来趋势不问可知”也。若之何哉！若之何哉！

转念一想，学士大夫当不至卤莽若此：前张反对读《水浒》，后张即出现“托塔天王晁盖……”，此必有深意存焉。——噫！我知之矣！我忽然想到小时候读过一部监本《书经》、《洪范》中有这样几句，“惟辟作福，惟辟作威，惟辟玉食；臣无有作福作威玉食。臣之有作福作威玉食，其害于而家，凶于而国。”还有，做《原道》的那个姓韩的《拘幽操》中说过：“臣罪当诛兮，天王圣明！”还有，不知谁说过的：“天下无不是的父母。”还有，也不知是谁做的两句：“大人大人大大人，大人在三十三天天上给玉皇大帝盖瓦；卑职卑职卑卑职，卑职在十八层地狱底下替阎罗老子挖煤。”还有，还有，——够啦，够啦，不用尽数啦，这几个例尽够做公式啦。“小孩子们算得什么东西！你们要想舒服吗！你们看不懂文言，你们就想‘以白话文掩其不能’吗！读白话文还不够，还要读白话小说以图愉快，你们真会享福！哼！你们也配享福！！你们要知道！《水浒》是诲盗之书！你们敢‘趋之若鹜’！你们便是想做强盗！ㄏㄛ！这还了得！”这样的怒目训斥“小生”过后，回顾头来，忽然看见有“于并世诸贤多所亲炙”而尚未“归道山”者在那儿续“瓶水斋主人”的《乾嘉诗坛点将录》，那是当然非表彰不可的丫！你想，“于并世诸贤多所亲炙”，这当然也是并世之一贤了；此一贤虽尚未“归道山”，但他有两个朋友“已归道山”了，那么，此一贤距“归道山”之日自必不远了；《点将录》虽未必是载道之作，但“古已有之”，则“续为之”自然“亦艺林一掌故也”了。将“归道山”之“贤”“续”前人之《点将录》，这点是老名士的风雅，乌可不表彰乎？举一个同样的例，更可以明白些：如青年男女们（尤其是学生）自由恋爱，这是非痛骂为“伤风败俗”不可的；若将“归道山”的“贤”们要嫖相公，要讨小老婆，要雇上坑老妈，那当然非恭维为“名士风流”，“此老兴复不浅”不可了。写到这里，又想着几句格言：（一）“吃得苦中苦，方为人上人。”（二）“三年媳妇熬成婆。”（三）“富贵福泽，将厚吾之生也；贫贱忧戚，庸玉汝于成也。”照这些格言看来，现在这班看《水浒》的小孩子，虽然一时禁止他们看，其实他们不会吃亏的，因为到了他们将“归道山”的时候，当然也可以用《水浒》来做《点将录》的。他们自已有了用《水浒》做《点将录》的资格，自然，也就有禁止他们的后辈看《水浒》的资格了。

《〈甲寅〉与〈水浒〉》已经写完了，因为这一页排到这里，还缺几行，因此再写几句话来补白：

章士钊对于做白话文者的批评，他自已以为是骂，洋洋得意；别人也以为他是骂，愤愤不平。

独我所见却有不同，我觉得有好些话都是恭维。现在举几句重要的，“髦士以俚语为自足”；“群饮狂泉，黄钟毁弃”；“国家设学，且惟摧毁国学是务”；这都是我们所日夕馨香祷祝希望他实现的事；承章行严先行指出，敢不益勉乎？其尤精绝者为“更越十年，将求稍识字者而不可得”一语；能有此幸事吗？我真惊喜欲狂矣！因为中国人而能不识得汉字，则国利民福之期必不远了。我希望章先生之善颂善祷百发百中。思想革命之先驱者夏穗卿先生说得好：“中国文字欲其与世界进步之局势相叶，必须改易；但白话决不能为役。”夏先生连白话都还不能满足，而我们还只能比主张古文的进了一步，仅仅主张白话，能不羞愧！（不过夏世兄未免太“不像贤”了！）

一九二五年八月二十九日

【原载一九二五年八月三十日《国语周刊》第十二期】

赋得国庆

天祸疑古，灾其右手，十多天以来，终日用药水、棉花、油纸、绷带，把五个指头捆在一起，医生吩咐除换药外不准解开，弄到吃饭不方便，写字不方便，上课写黑板不方便，甚至连中秋应吃粽子的问题也只好让伏园先生代我发表。唉！我的右手哇！你真是“天鹅绒的”呀！

二十天以前，伏园先生来信叫我给《京·副·国·特》做文章，那时我手尚未“天鹅绒的”，自然满口答应。现在，手是“天鹅绒的”了，而交卷截止期却逼近了，谚有之曰，“老虎追在屁股后头”，其斯之谓欤。呜呼！“苦矣！”“怎么办呢?”

阿！有了！我一想起中国的社会，总是要“懊恼乌糟”的。所以一开口，一动笔，既不会祖述妓女之打情骂俏，宪章篾片之胁肩谄笑，并且不会上律学者之高谈道妙，下袭牧师之从容说教：只会行动鄙野，不是狂叫，便是乱跳；言不雅驯，不说狗吊，即说龟溺。——既然如此，今天何妨再把几句讨人嫌的老套头话搬弄出来敷衍塞责呢?

主意打定，便再瞒过医生一次，偷偷的解开绷带请出右手，拿起笔来瞎三话四一下子（云“再”者，昨天已经偷解一次，给《国语周刊》写了一千多字也）:

国庆国庆！国者何？中华民国也。庆者何？喜庆也。民国纪元前一年十月十日为中华民国呱呱坠地之第一日，故定是日为国庆日也。

——呸！这个谁不知道！要你来说废话！

——哈哈！大家都知道了吗？好哇！知道中华民国有国庆日而向它庆贺（虽然大都是牵了线来庆贺的）的人们，据我的瞎猜，总该是赞成中华民国的人们罢。

要是我瞎猜得不错，那倒要来赘几句老套头的废话。

民国与帝国，虽然只差了一个字，可是因为这一个字的不同，它们俩的政治、法律、道德、文章，不但相差甚远，简直是背道而驰的。帝国的政治是皇帝管百姓，民国的政治是国民相互的一种组织；帝国的法律是拥护君上而箝制臣下的，民国的法律是保障全体平民的；帝国的道德是“父慈、子孝、兄良、弟悌、夫义、妇听、长惠、幼顺、君仁、臣忠”，民国的道德是“兼爱”；帝国的文章是贵族的装饰品，讲究屁款式，鸟义法，民国的文章是平民抒情达意的工具，应该贵活泼，尚自由。总而言之，统而言之，帝国民国一切文物制度，可以说是无不相反。要民国，惟有将帝国的一切扔下茅厕；要帝国，惟有将民国的一切打下死牢；这才是很干脆很正当的办法。

从民国纪元前一年十月九日倒数上去，一直数到那荒诞不经的什么尧舜时代，都是帝国；所以这数千年中无论什么书中所讲的道理，都是帝国的道理，在民国无一适用的。不必说什么孔二先生、孟老头儿的议论了。请看那位单名一个“行”字的许老爹，他叫大家都要种田，总算是很讲究平等的人了，所以今之“浑”少年中竟有人说这位老爹的学说有合于苏联的劳农政治；然而他却说，“贤者与民并耕而食，饔飧而治”，原来他不过要请皇帝（诸侯就是一个地方的皇帝）也去种田罢了，他只希望皇帝肯种田，皇帝这样东西他还是要的，所以他还要“治”。像他这样一位“异端”还不论如何，绝对的不作兴有皇帝的（总统只是国民雇用的一位公仆，我们因为民国人民应该一律平等，不愿意称他为奴才，为底下人，但他的地位，不过是一位账房师爷而已；一班“浑弹”称他为“元首”，为“极峰”，真是狗放屁！），所以帝国时代的学说，无论其为“圣道”或为“异端”，简直没有可以适用于民国的。

因为如此，所以吴稚晖先生主张把线装书扔到茅厕里去，乃是绝对不错的话。不过吴先生规定它安寓茅厕的期间为三十年，我以为容易启人误解。我知道吴先生的话是对于整理国故而言的；吴先生是说国故可以整理，但须迟至三十年以后。我则以为整理国故，倒不必有这样的限制。现在“浑弹”虽多，而如胡适之、梁任公、顾颉刚、徐旭生、唐擘黄诸位先生肯来整理国故，乃是很好的事情；有他们来整理国故，则青年学子想知道中国历史（广义的），就可以看他们整理成就的著作，不必白费气力去看那万难看懂的古书了。讲到三十年以后，虽然现在的“遗老”（广义的）大概都死尽了；而现在大批“遗少”“遗幼”之制造方兴未艾，大有“日新月异而岁不同”之蓬勃气象，则三十年后“浑弹”未必便会比现在减少乃至灭绝，或者还要加多些，也未可知。至于国故里面的道理，则我们要严厉的对它说：“汝不得活！”岂独三十年！三百、三千、三万……年后，它也没有复活的希望！它应该永生永世安寓茅厕之中！

真是好笑又好气，“民国肇建，十有四稔”了，居然还有人来提倡国粹，鼓吹东方文化，他们竟没有想到“民国”这样东西，压根儿就为国粹之所无，压根儿就为东方文化之所未有。若提倡国粹，鼓吹东方文化，出于康有为、罗振玉、王国维诸人，那是很对的，因为他们是要皇帝的；今乃出于赞成中华民国的人们，实属出人意表之外之表。于此可知他们开口民国，闭口共和，他们压根儿就不知道民国共和是怎么一回事。他们大概以为民国纪元前一年十月十日的革命还是和什么汤武革命一样，不过换个朝代罢了。他们大概以为除了皇帝改称总统以外，其他都不必——而且又是不该——改动的。所以有人公然主张民国可以祭天、祭孔、读经，甚而至于可以恢复科举，恢复御史台，乃至认种种顽固腐臭至于不可向迩的龟屎鳖血为救时弊之药言！呜呼！民国国民之“浑”竟一至于此，还有什么资格来做民国国民！还有什么脸来纪念国庆！干脆去做“遗老”罢！干脆去向爱新觉罗府上的仪哥儿装矮子扮叩头虫罢！这样，虽然悖逆，主义倒还是一贯的。

这一类讨人嫌的废话还想再写几段，可是手不争气，只好作搁笔之想了。姑且用几句话来结束此文吧：

要中华民国，要认民国纪元前一年十月十日为国庆日，则请赶快将国粹和东方文化扔下茅厕。

要国粹，要东方文化，则请赶紧叫仪哥儿再坐龙廷，或叫什么人来做皇帝，承天建极，传之万世；而大清宣统三年八月十九日“盗起湖北”，犯上作乱，宜申天讨，处以极刑，什么民国，什么国庆，当然取消，说起它来，应加以“僭伪”“草窃”字样，庶足以正人心而端趋向。

这两条路孰吉孰凶，何去何从，惟同胞自决之。我当然是主张走前一条路的，但有人要走后一条路，我觉得倒还是有一贯的主张的，总比又要赞成民国又要保存国粹的人们高明些。

我向不会写文章，今日尤不会写文章，写时因为手不舒服，以致刺激神经，心里烦闷，信笔乱写，写得真太不成东西了。在许多“赋得国庆”的文章中，我这一篇一定应该考四等倒数第一名。

一九二五年“双十节”前二日

【原载一九二五年十月十日《京报副刊·国庆特号》】

我“很赞成”“甚至很爱”“双十节”这个名词

“双十节”的《晨报副刊》上有一位奚若先生做了一篇文章，名叫“双十节”，痛骂“双十节”这个名词，说它“不通”，说它是“仿效那昆曲、滩簧的滥调”，“只弄出一种江南靡靡之音”。又对于“多数人向来恐怕就很赞成这个名词，甚至就很爱他”，表示大不满意。——然而“曲终奏雅”，忽又用转笔曰：“听说‘双十节’这个名字是吴稚晖先生起的。如果属实，那我何能深怪？”好一个“那我何能深怪”，真是“黄绢幼妇外孙齑臼”！

我绝不是要跟奚若先生打笔墨官司（我从来就极不高兴又极不愿意跟人家打笔墨官司），何况近来我的右手很有“天鹅绒的悲哀”，写字颇不方便？而我现在忽然要写下面这几段白话（遵稚晖先生教，不加“文”字）者，一来是我觉得要说几句话，二来近日对于一班年纪轻轻的老前辈那种严气正心的态度实在有些看不上眼，三来是要把“双十节”及其他的来历说一说。假使奚若先生看见了不睬我，这是我很高兴的；假使他要睬我，我除了那时或者又觉得要说几句话之外，恕不奉答。

我要“开门见山”的说：我就是“很赞成这个名词，甚至就很爱他”的一个人。“我的意见”，“只能代表”我自己（虽然或者也有人跟我意见相同的，但我绝不想代表他们，因为他们并没有委托我做代表）。奚若先生跟他“代表”的“极少数人”，“尽可牢守他们的意见，我却也要坚持我的见解”。我“很赞成”“甚至很爱”，“双十节”这个名词，就因为它是“仿效那昆曲、滩簧的滥调”，“只弄出一种江南靡靡之音”的缘故；就因为它不是“一种高远雄伟的名字”的缘故。滩簧真是至美至正的文学。它是平民的文学，是白话的文学，是自由活泼的文学：这种文学，比陈通伯的更要“恶滥”，比梁漱溟的更多“芜词”，比梁任公的更来得“鄙俚”，比徐志摩“琐琐序其为《晨报副刊》之故”、跟陈通伯吊刘叔和更要“不免于纷淆驳冗之讥”，比《水浒》《石头记》《儒林外史》诸书“记淫盗琐屑”处更多，这才值得给章士钊骂为“杀天下之文思，隳百家之道卫，反国家于无化，启人类之淫邪”：——因为如此，所以我说它是至美至正的文学。不过

“一个革命纪念日的名字”耳，居然有滩簧的气息，这是何等可“爱”呀，我真非“赞成”不可啦！

奚若先生主张改称“双十节”为“革命日”，这倒还有些意思，因为这个词儿可以使“浑弹”们“太害怕”也。但他又说：“应该仿照美法两国平铺直叙的办法，叫他做‘十月十日’或‘十月十’，一面既可与美法的‘七月四日’和‘七月十四’同例，一面可与我们原有的‘正月初一’和‘八月十五’彼此互映。”这几句话，我忍不住要用章士钊的话评之为“思俭如是，至可骇人”了。夫“双十”之与“十月十日”及“十月十”，竟如此其大不同乎？然则十六两之与一斤，二五之与一十，朝三暮四之与朝四暮三，其大不同殆亦犹此乎？此已出我意表之外矣！然而妙绪犹未尽也。奚若先生又说：“不但‘双十’两个字不行，‘节’字更不通。这只是一个简简单单的纪念日，有甚么节不节呢？我问你那天吃的是年糕，是粽子，还是月饼？”忽然是“含义至深，影响极广的大事”，要“刻（当是讹字）起一种奋发有为的精神，去做那革命未竟的工作”，应该有“令人起敬令人幽思的庄严气象”，忽然又“简简单单”起来，此一奇也。“节”与“纪念”不同之点，只在吃不吃年糕、粽子、月饼之类，此二奇也。这都还不算奇。最奇者，称为“双十节”而与吃月饼之中秋“节”相比拟，据说是“更不通”；但称为“十月十日”，便“可与我们原有的‘八月十五’彼此互映”了。你道奇也不奇？还有美国、法国、中国的“革命日”，居然可以与中国废历的元旦中秋（恕我不会懂得“元旦”“中秋”与“正月初一”和“八月十五”的区别）“彼此互映”，你道奇也不奇？凡此诸奇，实在不胜出我意表之外之表之至者矣！

其实呢，“何能深怪”？无论讲什么话，那怕意义是完全一样的，别人（尤其是小孩子、平民、“暴徒”；可是“浑弹”之老头子们则一定除外）说了就是狗屁，自己说了就是圣训，这本是古之老前辈的行径。时移世易，至于今日，稍变古矣：盖古之老前辈往往为头童齿豁之流，今则眉清目秀、唇红齿白、年纪轻轻、举止翩翩之少年也都会得效法古之老前辈之行径矣。猗欤盛哉！盛哉猗欤！

至于“双十节”这个名词，确乎是吴稚晖先生“起”（?）的，稚晖先生还有一篇文章登在元年十月的《民立报》上。而且“格末叫巧”，奚若先生痛骂“双十节”之名为“仿效滩簧的滥调”，恰好吴先生在元年曾经用了“滩簧的滥调”做过一篇文章，似乎是提倡救国储金的（记不真切了)，也登在那年的《民立报》上（大概在六七月间)。夫吴先生也者，江南人也；而滩簧也者，不仅“滥调”，且系“靡靡之音”也。吴先生而做滩簧，竟是十足的“江南靡靡之音”矣。不知奚若先生是否又要“那我何能深怪”吗?

奚若先生又说：“民国开幕已经十四年，不曾弄出一个像样的国歌。”关于这个，我倒又知道一些故事。原来现在被一班少年老前辈所大不满意的以《卿云歌》作国歌这件事，又是吴先生主张的。好像最初是汪荣宝所主张。而吴先生乃极赞同之；五年冬天上海的《中华新报》上有吴先生一文，主张以《卿云歌》为国歌；大概吴先生现在的主张还未曾改变吧。不知奚若先生是否又要“那我何能深怪”吗?

一九二五年“双十节”后一日

【原载一九二五年十月十三日《京报副刊》第二百九十六号】

废 话

——原经

开场白

实属不成事体：——我在八月十日上午四时写了一篇《废话的废话》，末了预告一句道，“要看后话，且待来周”；那时就觉得自己有些信任不过自己，所以底下注了一句“‘来’字不甚可靠”。但也不过觉得“可靠”之程度“不甚”而已；不料延宕下来，直到今天，才来提笔，竟是那天的“来来来来来来来来来来来来来周”了（这第五十四期的《语丝》，要到十一月二十三日出版，则此文到看官们的眼睛里，还得再加“来来”两字），岂独“不甚”而已哉，客气些，也得要说“甚不”矣。岂明说，“未免有姗姗来迟之感焉耳”，这话真“幽默”啊。

《废话的废话》补遗

各则《废话》的长短，可以绝不相称，前文

业已表明；但还漏说一事，即各则《废话》，或有题目，或无题目是也。鄙人向不会做文章，尤不会做题目。十年前在中学里教国文（的确是教国“文”，便是“这个大虫”所最看重的国“文”，绝不是国“语”），两个星期要来一次“作文”，学生固然怕做文章，而我尤其怕做题目——实在做不出哇！我因为在做题目这件事上很容易“坍台”，所以费尽心机，想出“废话”两个字来，作为我在《语丝》上做文章每次可用的总题目。于是乎只要在每则前面的一行写个（一）(二)(三)……就行了，岂不省事乎哉，岂不巧妙乎哉！然而，我听见“玄学鬼”说过什么“人类是会灵机活动的”的话；鄙人既忝为人类，则敝“灵机”有时或者免不了也要“活动”一下子的，要是敝“灵机”忽然“活动”，来了一个题目，则亦何必不写它出来呢？此各则《废话》之所以或有题目，或无题目也。

原　经

此《废话》之“开宗明义章第一”也，理应有典有则，矞矞皇皇，像杀有介事，搭足臭架子，庶不至贻讥于“学士大夫”或“琴忒儿曼”。且夫架子亦多矣，而最臭者宜莫如《经》；则《废话》

第一则以“原经”为题，不亦宜乎！而况近有“这个大虫”也者，力主小学读经，曾经说过“经典自有权威，异于公民课本；读经之效，在敦士习以挽颓风”这样几句“浑”话。他要谈《经》吗？老实不客气，这是我的拿手戏，我相信我谈得一定比他高明些，因为我是读《十三经注疏》、《皇清经解》、《续皇清经解》的人。所以我现在“开宗明义”，就来谈《经》。

大概是周秦之际吧，那时有人说出“六经”两个字来。“六经”似乎应该是六部《经》，但是《乐经》实在没有这样一部书，不过开开花账罢了；所以后来照着实价，便说《五经》。这《五经》是——

《诗经》《尚书》《仪礼》《易经》《春秋经》。

经的妙用，本在乎把人捆紧压扁，单是这样寥寥五部，总还嫌它太轻松，于是加上一部，再加一部，再加一部，再加一部，尽加尽加，共计加成十三部：——

《易经》《尚书》《诗经》《周礼》《仪礼》《礼记》《春秋左传》(带《经》)、《春秋公羊传》(带《经》)、《春秋谷梁传》(带《经》)、《论语》《孝经》《尔雅》《孟子》。

这十三部《经》，倒底是些什么怪物呢？据说，这都是圣人贤人们说的应该怎样做人，应该怎样治国平天下，应该怎样做文章的大道理，其中一字一句都藏着有圣人贤人们的“ㄏㄤㄍㄜ丸药”（注）在内。所以愿意吃“ㄏㄤㄍㄜ丸药”的，都细细咀嚼经的妙味，希望自己能够“在止于至‘浑’”；而不愿意“浑”的人，自然看得“ㄏㄤㄍㄜ丸药”，如同肺痨鼠疫一般，防御抵拒，不遗余力。据我看来，前一种人自甘于“浑”尽可由他，不值得去唤醒他；后一种人未免太傻了，要知道“ㄏㄤㄍㄜ丸药”，正如两个患近视的人相争的“关帝庙”或“阙帝庙”那块匾一样，那块匾压根儿就没有挂，“ㄏㄤㄍㄜ丸药”压根儿也就没有这样东西，骗子出卖风云雷雨，你们何必这样傻，上了当真去捕风捉影呢?

（注）一九〇九年，我在绍兴，一个朋友偶患感冒，身体发热，我身边恰好带着金鸡纳丸，给他吃了几个；旁边一个人大吃一惊，说，“这不是‘ㄏㄤㄍㄜ丸药’吗!”（这本应该照原语写出，因为我的绍兴话太蹩脚，写得不对，恐怕被启明们所讥，所以只好写普通白话，好在这是无关弘旨的；惟“ㄏㄤㄍㄜ丸药”一词，非照原语写出不可。）据他们说，凡“吃教”的人都吃过一种丸药，吃了那种丸药，便自然而然的会膜拜耶稣，会劈了祖宗牌位去当柴烧。那时我已经剪去辫子，而且又新从日本回来，那人认为我一定是

“吃教”的，我给那朋友吃金鸡纳丸，一定是骗他“吃教”了，故如此大惊。ㄏㄤㄍㄜ者，那个也；当我面前，不便直言“吃教”字样，故曰“ㄏㄤㄍㄜ丸药”耳。

然则“经”果为何物欤？据我看来，不过是不伦不类，杂七杂八的十三部古书而已矣。

谨依所谓《十三经》也者的次序，一一说它几段废话；

（1）《易经》 据旧说：五千年前，河南地方有一位身披树叶的野蛮人叫做伏羲的，他画了八个卦，每卦都是三画（那人真也野蛮，画来画去，只会画出一画连的跟一画断的两个花样来）；三千年前，陕西地方又有一位大军阀姬大帅，单名一个昌字的，他把那八个卦，两个两个的重叠起来，叠成六十四卦，每卦都是六画，卦画就叫“爻”，又把每卦做上几句《卦辞》每爻做上几句《爻辞》（有人说，《爻辞》是他的少帅姬旦作的）；二千四百年前，山东地方又有一位老学究孔二先生，单名一个丘字的，他又做了七篇文章，《彖传》（上下），《象传》（上下），《系辞传》（上下），《文言传》，《说卦传》，《序卦传》，《杂卦传》——因为有三篇分了上下，共计十篇，总称为《十翼》。那一位野蛮人，一位大军阀，一位老学究，据说都是所谓“圣人”也者；那样三位圣人在那二千几百年中弄了那许多鬼玩意儿，于是把后人弄“浑”了，所以班固赞美之曰：“《易》道深矣，人更三圣，世历三古。”

据我看，那野蛮人未必真有这个人。那位大军阀，他成日价想做皇帝，制造民意，攻城略地，惟日孳孳，犹虞不给，有什么工夫来闹那些鬼？讲到那位老学究呢，他到了老年，在无聊的时候，爱拿那鬼玩意儿的什么卦呀，爻哇，消遣消遣罢了，正如现在人无聊起来拿一付牙牌来打打五关一样。那老学究也许有时候“浑”了，以为那鬼玩意儿中藏着什么深思妙理；但他究竟做了文章没有实在有些难说。那些鬼玩意儿，倒底是什么时候什么人行出来的，是无从查考了。不过我们知道，在姬大军阀以前，所谓商朝的时候，他们最迷信那些鬼玩意儿的；那时的人们想解决疑惑的事情，都要去请教它。怎样请教呢？说也可笑，那时的乌龟真也倒霉，被人们把它的壳剥了下来，用水来烧，名叫做“卜”，烧成怎样的裂纹，便是哪一卦哪一爻的记号，于是翻出来看看，那《卦辞》《爻辞》上面写些什么鬼话，按着什么“吉”呀“凶”啊“悔”呀“亡”啊的把它胡猜乱详一番。那些被“卜”过的乌龟壳，近二三十年在河南安阳地方发现了许许多多，上面都刻着卜的事由。《尚书》中有一篇《洪范》，明明白白把商朝人那里迷信的见解记述出来。所以什么卦呀，《卦辞》啊，《爻辞》啊，姬大军阀以前早有了，它们的用处，便是给迷信人解决疑惑的，那有一丝一忽的学理的价值呢？至于所谓《十翼》也者，《彖传》跟《象传》都是解释《卦辞》跟《爻辞》的；《象传》中略有些浅薄的政治思想，《系辞传》说了些幼稚的“玄学鬼”的宇宙观跟人生观的话，勉强可以算做哲学思想；《文言传》不过对于《乾坤》两卦，用些好看的字样来装潢一下子罢了；《说卦传》对于八卦又加上许多古怪话，大概还是“卜”的方面的话；《序卦传》把六十四卦，如此这般的说出许多连贯承接的道理来，支离浅薄，非常可笑；《杂卦传》把卦名解释一番，更没有什么学理可言。《十翼》的内容，固然如此不同；种种说法，彼此也多歧异。可见绝对不是一个人做的，有没有孔二先生的大著在内，更是莫可究诘了。所谓《易经》，如是如是，除去一小部分很幼稚的哲学思想以外，无过迷信之说，妖妄之谈；它的价值，它的功用，在今日，便等于问心处起课，关帝庙求签。即以求签相比：乌龟壳如签，烧它如摇签筒，哪卦哪爻如第几十几签，“吉，凶，悔，吝”如“上下，中平，下下”，《卦辞》《爻辞》如签诗。

（2）《尚书》　现在这部《尚书》，共有五十八篇，倒有二十五篇是魏晋人假造的，只有三十三篇是秦汉时候所有。那三十三篇，本来是二十八篇，后来分成三十三篇的。这《尚书》二十八篇，勉强可以说是历史，严格的说，不过是一些不甚可靠的古史史料罢了。其中有上谕，有奏折，有诰命，有檄文，有告示，有记那时所谓国家大事的（例如皇帝死了丧事怎样办法），有记刑法的，有记地理的，没有条理，没有组织，乱七八糟的一本“文件粘存册”罢了。上谕奏折之流大概是真的，还可以算做史料；至于那些记载，便有一部分是想像或假托的（如《尧典》、《禹贡》），连史料的价值都没有了。尤其可笑的，号称记事，而文句不全，年月不备，使人看了莫名其妙。如《甘誓》起头三句是“大战于甘。乃召六卿。王曰，……”不知哪国与哪国大战，召六卿的不知是谁，那个王不知是何朝何王（《墨子》里说是夏禹，汉儒说是夏启，究竟不知是谁）。又如《金縢》篇中突然发见一个“秋”字，不知是哪一年的秋天。那都是十足道地的文理不通的文章。称它为历史，我真要代它难为情。讲到那里面的思想呢，半开化时代那班圣人装神装鬼的丑态却可以发见一些（看《语丝》第十一期顾颉刚的《盘庚中篇的今译》跟第四十期他的《金縢篇今译》）；还有，记载那班独夫民贼的口吻，如《洪范》所说“惟辟作福，惟辟作威，惟辟玉食！臣无有作福，作威，玉食！臣之有作福，作威，玉食，其害于而家，凶于而国！”那种蛮不讲理的态度，记得真干脆。在那里面看看半开化时代的野蛮思想，倒是很有趣的，可惜句子太难懂，文理太不通，实在不容易看。至于说《尚书》和孔二先生有什么关系，却未必然。那种乱七八糟的“文件粘存册”，周朝总还有许多，孔二先生大概看见过一些的，他也不过当它历史读读罢了。旧说以为本来有三千多篇，孔二先生删存二十八篇，又说删存二十九篇，又说删存一百篇，种种都是无稽之谈。请问一百篇中选留一篇，或三十篇中选留一篇，这去取之间，是以什么为标准的？反正不过乱七八糟的史料罢了，有什么好坏优劣。要那样的严格选取？这且不论，即使孔二先生的确像马二先生选八股那样的选“文件粘存册”，那也不过是他个人的无知妄作，实在不值得一提的。

（3）《诗经》　那是周朝的一部诗歌总集。中间有不少的民间文艺，也有一部分是所谓士大夫的作品，还有一小部分是独夫民贼搭架子的丑话。其中佳品，便是朱熹所谓“淫奔之诗”（朱熹解经，很有眼光，他能够知道《易经》是卜筮之书，能够知道《诗经》中间有许多都是“淫奔之诗”，这都不是他以前以后那班迂儒学究所能及的）；

“淫奔之诗”之尤佳者，能够赤裸裸的描写两性恋慕之情，颇有比得上现在的大鼓、滩簧、山歌之类的。所以“经”之中惟有《诗经》，还有一部分现在还值得一读，值得欣赏；但是时代究竟太远了（它是约距今三千年前到二千五百年前时候的文学），它在当时，虽是自由活泼的白话文学，但文字意义与现在很隔膜了，所以也不是无论什么人都能读的，不过在文学史上说，它总有不可磨灭的价值罢了。孔老二很爱读此书，但是他未必能领略到它的文学价值，因为从他批评它的话看来，很不见高明；总而言之，孔丘对于《诗经》的见解，不及朱熹远甚。汉朝人因为孔老二常有批评《诗经》的话，于是又来瞎扯，说什么古诗本来有三千多篇，孔老二把它删存为三百〇五篇(今本即是此数，又有人说是删存三百十一篇，更是胡说)。真可笑！《尚书》也是三千多篇，《诗经》也是三千多篇，怎么古代的东西都是那样的数目？何以孔老二就那样阔气，他居然把那六千多篇东西都弄到手？何以他又那样胡闹，把好容易弄到手的史料与文学就这样随意乱扔？《诗经》的价值，除上文说过的“能够赤裸裸的描写两性恋慕之情”以外，还有对于那些独夫民贼为巩固私人的地盘，发展私人的势力，弄到民众家破人亡的怨恨咒诅之声，这里面多有把悲哀的情绪表现得很深刻的。偏偏从汉朝以来，许多酸腐到极的学究们把佢们爱恋之歌与民众咒诅之声解作奴才向民贼献媚与私昵对主子碰头的话，真叫做糟糕！《诗经》要真是那样，便没有一丝一忽的价值了——幸亏的确不是那样。

（4）《周礼》　这书不知是谁做的。西汉初年还没有，所以《五经》中无此书。此书突然发见于西汉末年，正是王莽想坐龙廷的时候，那时刘府上出了一位帮着姓王的来抢姓刘的坐着的“宝座”的人，此人叫做刘歆，他很尊重《周礼》，所以有人疑心《周礼》就是刘歆所造，这话也许是对的。但无论如何，从刘歆起，有许多人说它是周公（姬少帅）所作，是周朝施行的法典，那是绝对不足信的。不足信的理由有三点：①那书把官制、版图，及其他一切都弄成整整齐齐四四方方的，无论古今中外，凡实行的东西从没有这种样式，因为这在事实上是不可能的；所以《周礼》是一种关了房门弄笔头的玩意儿，决不会是曾经实行过的。②周朝的官制、版图等等，《国语》《左传》《孟子》等书中尚都可考，与《周礼》全然不合。③《周礼》虽是不能实行的玩意儿，可是七拼八凑，很见匠心，必如刘歆那样的知识才能想得出；那三千年前的姬少帅，他懂得什么，他哪里会有这样缜密的头脑？

《周礼》既决非周朝施行的法典，则决不可作周朝的历史看了。但从东汉以后，直到亡清末造，历代法典都脱胎于此书；所以它不是汉以前的史料，却是汉以后的史料。研究历史的人，这部书免不了要用着它的。至于讲到那里面的政治思想，固非姬少帅所能梦见，但汉唐以来，社会日渐进化，那种幼稚的政治思想久已不适用了。

（5）《仪礼》　这是周朝时候讨老婆咧，请客咧，办丧事咧，团拜咧，赐宴咧，以及两国的君们见面咧，……种种事情的礼节单子。此中岂有丝毫的学理，不过无谓的客套罢了。究竟是谁定的，是否历史上的确有一个时期曾经照单实行过的，那都无从知悉。自来又说是姬少帅定的，我想这位少帅未必有那样空工夫来注意那些琐碎繁缛的无谓的节文吧。又有人说是孔老二定的，这也不足信。孔老二的徒子徒孙们中间，的确出了许多低能儿，会老了脸皮，你扮孝子，我扮新郎，作揖打拱，磕头礼拜的胡闹，美其名曰“习礼”。但孔老二自己，照他的口吻看来，似乎还不至于那样低能。你听他说：“礼，与其奢也，宁俭。”“先进于礼乐，野人也；后进于礼乐，君子也；如用之，则吾从先进。”“礼云，礼云，玉帛云乎哉？乐云，乐云，钟鼓云乎哉？”

（6）《礼记》　这是周末、秦、西汉时候，孔老二的徒子徒孙们所谓儒家也者的著作。其中有的是与《仪礼》同样的琐碎繁缛的无谓的节文，有的是儒家那种昏乱的政治思想与人生观，此外还有许多零零碎碎的妖妄之谈。讲到儒家那种昏乱的政治思想与人生观，实在是封建时代与宗法社会的遗物。那种遗物，到了孔老二的时候，已经不适用了。无如孔老二这位先生，是维持现状的“稳健派”，绝不是革命前进的“过激党”；所以对于肺痨梅毒已经深到极处的旧制陈迹，决不肯说一句“那个要不得”，一味的灌人参汤，打强心针，加上几句好听的新解释，好像那垂死的旧制陈迹另得了新生命似的。但是新解释是空的，所以新生命是假的，而因为人参汤与强心针的功用，竟把肺痨梅毒吊住了，不让它撒手归西；于是他老人家的徒子徒孙们渐渐的都被肺痨梅毒制伏了，愿为之伥，将那封建时代与宗法社会的遗物认为政治与道德的万古不变的正轨，拼命宣传，竭力推行，毒痡二千年，至今日尚蒙其害，真是可叹可恨之至！其实那种旧制陈迹，不必说现在，在商鞅、李斯时代，早就该将它扔下茅厕去了！

（7）《春秋左传》　《春秋》是一部最幼稚的历史，无论什么事，都是极简单的写上一句，那事的真相与其前因后果，完全不能知道，王安石诋之为“断烂朝报”，梁启超比之为“流水账簿”，都是很确切的批评。不过它比起《尚书》来，却有点进步了，居然有年月日排比下去了，那种不完不全没头没脑的不通句子，比较也少多了（虽然也还有）。那不过是鲁国的史官随手记录的朝报而已，后世自然不能不认它为一种史料。至于《左传》，据旧说是：孔丘做了那样“流水账簿”式的《春秋》，他就有一位朋友左丘明来把各事的真相与其前因后果详详细细的叙述出来，做成这部《左传》。据我看来，《春秋》与孔老二并无关系。说《左传》是左丘明所作，也颇难于相信。因为《论语》里记着孔老二“左丘明耻之，丘亦耻之”那样一句话，则左丘明至少是孔老二的前辈；但是《左传》竟记到孔老二死后二十七年的事，照口气看，记的时候还要在后，而且《左传》中还有战国时候的官名与制度。我以为这是战国时候一个（或者不止一个）有点文学手腕的人做成的一部历史，它并不是什么《春秋》的“传”，它与《春秋》是没有关系的；它与《国语》本是一书，那部历史起周穆王迄周贞定王（约当公历纪元前一〇〇〇年——前四五一年），本是分国的，刘歆硬把它与《春秋》相关的一部分取了出来改为《春秋》的传（看康有为的《伪经考》与崔适的《史记探源》及《春秋复始》），所以今本《国语》与《左传》叙述事迹，往往此详彼略，彼详此略。论到这部历史，不仅是史料，而且是一部叙事有条理的古代的好历史，文笔也很优美，可以比得上元明间的《三国演义》。虽与现代的历史比，它也未必就配算历史；但若与《尚书》《春秋》比，不知道要高过它们几万倍。要知道一点周朝的事迹，可以将《国语》与《左传》合看；不过那里面的事迹，不但我们不敢恭维，恐怕与那班卫道先生们想“敦士习以挽颓风”的雅意也不免有些背道而驰吧。我们是主张“读书以求知识”的，本来就没有想效法书中的鸟道理，所以不管什么奸庶母，奸妹子，奸嫂子，奸媳妇，奸侄媳妇，交换老婆，国君奸大夫之妻，祖母吊孙子的膀子，儿子杀老子，老子杀儿子，哥哥杀兄弟，兄弟杀哥哥……种种丑怪的历史，既然有此事实，不必“塞住耳孔吃海蜇”，尽可以看看读读。他们是主张“读书以明理”，要以书中人事为模范的，像那种经书似乎还以不读为宜。

（8）《春秋公羊传》　《春秋》一书，从孟老爹以来都说是孔二先生做的，又说这里面藏着许许多多大道理；于是越说越古怪，竟说到个个字里都有意义的，名为“微言大义”，又名“非常异义可怪之论”。但若问何以见得这几个平凡的字中藏养这些微言大义呢？据他们说是孔老爹做《春秋》时想骂人，而他胆怯，恐怕骂了人，人家要拿办他，于是异想天开，把骂人的话暗暗地告诉他的徒弟们，叫他们记住，而自己却在一部鲁国的朝报《春秋》上做了许多暗号，这里挖去一个字，那里添上一个字，这里倒勾一个字，那里涂改一个字，让将来他要骂的人死尽死绝了，他的徒子徒孙们便可以把记住的那些骂人的话，“按图索骥”的写它出来。所以到他死后三百多年(汉景帝时)，便发见了这部《公羊传》，把他骂人的那些微言大义一五一十地记在上面。但是，那种说法，我们总觉得有些离奇，不敢随便相信。我们对于《春秋》，还是平凡些，认它为一部与孔丘无关的鲁国的“断烂朝报”吧。讲到《公羊传》中那些微言大义，也不过是晚周、秦、汉时候的儒家那种昏乱的政治思想与人生观罢了，可以与《礼记》作同等观。

（9）《春秋谷梁传》　因为表彰《公羊传》的人们中间有一位董道士，名叫仲舒的，他拍上了汉武帝的马屁，居然“定孔教为国教”；所以汉朝的公羊家说孔老二当时像李淳风、刘伯温那样，掐指一算，知道有个姓刘的地保将来要做皇帝，他便提起笔来做了这部《春秋》，那里面都是替姓刘的打算怎样稳坐龙廷的办法的（不过这又与“想骂人而胆怯……”的话合不起头寸来了。反正都是死无对证的信口胡说罢了)。大概他做这部书的目的，是打算预约将来那位刘地保与他的子孙永远送牛肉给他吃的吧。孔老二的《春秋》对于姓刘的既有那样的大功，自然公羊家也交了红运，到手了一个博士，阔气起来了。于是别人便有眼红的，也来弄一部《春秋》的“传”，也想骗到一个博士。那班人便把《公羊传》来改头换面，颠来倒去，弄成一部《谷梁传》。我觉得“谷梁”二字都有些古怪，它与“公羊”二字不是双声叠韵吗？（公羊，ㄍㄨㄧㄤ；谷梁，ㄍㄨㄌㄧㄤ。）《公羊》尽是怪话，看看还有些趣味；《谷梁》浅薄无聊，文理不通，简直是不值得一看的书。

（10）《论语》　这是孔二先生的思想的记载，是古代哲学史料之一种。孔二先生那个人，在二千四百年以前，自然算得上一个人物。但是这位老先生的头脑实在太笼统了，不要说比不上现代的人，便是宋明的儒者，他也还比他们不上。试拿朱熹的《朱子语类》与《论语》相较，我们觉得朱熹思辨的能力比孔丘要高明过千百倍。不要说宋明的儒者了，便是他老人家的数传弟子荀况，不过比他迟了二百年光景，讲话已经要比他清楚得多，比他有条理得多了。我这样说，或者有人说我因为要打倒他，所以故意批坏他。其实不然。我对于孔学（实在可以称“孔教”，因为二千年来迷信他的人，的确是用迷信宗教的态度的；只因一班酸溜溜的新先生们最爱说“孔学不是宗教”这句话，我是最不高兴加入这种讨论的，所以这里就称为孔学）之毒痛二千年，用三纲五伦那种邪说来惑世诬民，惨杀多人，的确是痛恨不过的。但说孔丘这个人的头脑笼统，这倒不是骂他的话。他本是中国最初的学者（老子与《老子》的时代，我与梁任公有同样的怀疑，我也觉得《老子》是战国时候的作品），当然不会怎样高明，当然应该不及后人。荀况比孔丘好，朱熹比荀况好，今人比朱熹好，这是很合于进化的真理的。假如孔丘以后，没有人比孔丘好的，而且都是比他不如的，这才是中国思想史上丢脸的事。

《论语》书中，虽然也略有几句可采的话，例如：孔二先生叫人不要强不知以为知；他觉得人不能与畜生做伴，非与人做伴不可，所以应该把社会弄好一点，不应该消极不管事；他知道施行政治，应该想法先把人们的衣食住弄安稳了，才来教他们做好人，不像一班“浑”人以为饿瘪了肚皮不要紧，而忠孝节义这种屁话是非谈不可的；……这一类话，不能不说他讲得有理。可是不成话的真也不少，什么“三年无改于父之道”哇，什么“不仕无义，……君臣之义如之何其废之”啊；这还是思想的错误。还有像那“言寡尤，行寡悔，禄在其中矣”呀，“耕也馁在其中矣，学也禄在其中矣”呀，“以吾从大夫之后，不可徒行也”啊，“拜下，礼也；今拜乎上，泰也；虽违众，吾从下”呀，这都是什么话！卑鄙至此，真要令人三日作呕！还有，“季氏八佾舞于庭”，“季氏旅于泰山”，这真叫做“干卿的事”，要“他老人家气得胡子抖”（这是胡适之形容他的话）干么！他对于鬼神有无的问题的见解，似乎比前人进步了，而态度却并不高明。他大概是不相信鬼神的，但是他只肯说“未能事人，焉能事鬼”，“敬鬼神而远之”这种油腔滑调的官僚话，不肯爽爽快快说没有鬼神（也许是他的见解不彻底）。他的徒子徒孙辈里有一位公孟子便说“无鬼神”（见《墨子·公孟篇》），这比孔丘明白多了，干脆多了。他一面对于鬼神既已怀疑，偏又要利用它来蒙人，说什么“祭如在，祭神如神在”，这是明明知道它们不“在”，偏要叫人家“如”一下子，蒙人诡计，昭然若揭！人焉廋哉！人焉廋哉！

总而言之，统而言之，孔二先生虽然算得上一个人物，然不过二千四百年以前的人物而已。他以后的学者，超越过他的不知有多少，今人更不待言。所以无论怎样恭维他，他的真相总不过如此而已。他对于政治，道德，学问，……都没有什么细密精深的见解。只因他老人家是一个“大夫之后”常常坐了“双马车”跑东跑西，认识当世的名流很多，又做过几天官，所以能够吸收了许多徒弟；后来那班徒弟四面散开，把老师的话常常对人家讲讲，于是他渐渐的就成了学阀，又因为皇帝们都爱他的议论，可以拿来压伏百姓，可以使“天下英雄尽入彀中”，于是尊他为圣人，定他的话为“国教”。从此，他那几句讲得有理的话完全搁起，而干禄热中亲媚主上那种伧鄙卑劣的思想大发达而特发达，以致现在共和招牌已经挂了十四年，而中华民国仍旧还是“中华官国”，驯至国将不国矣！

想知道孔丘的思想的人们，可以看看《论语》。若要以那里面的话为现代道德的标准，那个人就是混蛋！——还有一层看《论语》只应该依文理看，某句某句作何解，看明白了就完了；切不可像前人那样，用二百四十倍的显微镜把它放大！（不但看《论语》应该如此，看一切书都该如此。不过像《论语》那种所谓“圣人之书”，看的时候尤其容易犯放大的毛病，所以我在这里特别提一句。）

（11）《孝经》　这是一篇不满二千字的短文，不知是哪个浅人做的。其性质与《礼记》诸篇是一类的，也是儒家的昏乱思想。那样一篇不满二千字的短文，中间的昏乱思想却杀死了二千年来许多做儿子的！噫！亦惨酷矣！

（12）《尔雅》　这是一部随手杂抄的关于字义的书，不过是字典的极小一部分的材料罢了。这种材料之对于字典，其价值功用，正如《尚书》之对于历史；只有研究文字学的人有时要用着它罢了。什么时候什么人抄的（实在说不上“做”，只能说“抄”），现在是无从知道了，看其中有许多都在解释《诗经》的字义，大概是西汉传《诗经》的人们随手记录的。前人又说它是姬少帅所做，真是可笑！那位姬少帅，据说他实在贵忙得很，一天到晚要接见客人，不能安安逸逸的洗头发，不能写写意意的吃饭，还有什么闲情别致来抄字义？况且《诗经》是他以后的诗，难道他又是像孔二先生那样，掐指一算，知道将来有人做《诗经》，而且是些什么句子，所以预先把字义记下来吗？可是，做诗的人没有牛肉给他吃呀！他何苦做这傻瓜！

（13）《孟子》　这是孟老爹的思想的记载，也是古代哲学史料之一种。讲到孟老爹这个人，人格比孔二先生要高尚些，他常要对于那班君们说不敬的话，他有时要与君开玩笑，这都是孔二先生所做不到的。但是他究竟是儒家，所以他虽然知道不好的皇帝是可以杀的可以赶的，他也知道百姓比皇帝重要些；可是像“人莫大焉无就戚君臣上下”，“墨子兼爱，是无父也”，这类“浑”

话，他又常要说的。总而言之，要做官，要有阶级，这是儒家不可改变的根本思想。你看，儒家之中尽有在学问知识方面很高明的，一到这个问题，“浑”话总是连珠般的来了。所以儒家的学说与ㄉㄝㄇㄛㄦㄚㄙㄧ是绝对不相容的，所以儒家的学说与共和国体是绝对不相容的。讲到孟老爹对于知识方面，却甚不高明，比他的晚辈荀况差多了（比起孔二先生来则未必不如）。荀况居然能做《非相》与《天论》，他只能说什么“天也”与“莫非命也”这类“浑”话！

“经”谈完了，这篇“开宗明义章第一”就此搁笔了。

这篇写得如此其长，以下“天子章第二，诸侯章第三，……”也许只有三四行的短文章。若问几时写“天子章第二”，现在不敢预约了，但是总希望“来”字不至于再写得那么多。

请了请了！再会再会！

一九二五年十一月十四日下午二时写起，
十五日上午四时写完。

【原载一九二五年十一月二十三日《语丝》第五十四期】

废　话

——关于“三一八”

一

政治腐败，民穷财尽，这是人人所痛恨的，尤其是拿不到“口粮”（广义）的人们。但是，他们只希望别人去干救国的事业，叫别人牺牲了，把国救好了，好让他们安坐而享福。若叫他们自己去救国，那便要赶紧摇手，说“我办不到”了。若他们的儿女要去救国，那更不能许可；因为他们的儿女是他们生的，只合对于他们尽孝，岂可妄干救国事业，致蹈危险！他们训诫子弟，有句名言道：“国不是一个人救得成的；你一个人爱国就有用吗！”他们施了这“庭训”以后，马上就要长太息道：“中国人真糟，国家腐败到这样，还没有人想去救它，这怎么好！”

二

徐谦是该办的，某中学校长跟教员是该办的，夫然，故所以段祺瑞、贾德耀、章士钊等的作为是绝对不错的。

本来，“中国精神文明”中有“天下无不是的父母”一语，该文明中又有“君犹父也”之说，该文明中近来又加入一种新文明，叫做“民国的总统等于帝国的皇帝”；那么，执政之等于总统，可推知。所以“天下无不是的执政”这样一句话很合于逻辑——合于刘大白先生所发明的放屁逻辑。

三

可是今之执政究非昔之皇帝可比。你看，历史上可曾有过这样一件事吗：某人在那儿叩阍，旁边跑过一个太监来，不由分说，把此人的脑袋立时砍来？於戏！执政视皇帝为进矣！猗欤盛哉！

四

猫哭耗子的文章，确乎不容易做，自然只好“曳白”了。虽然写了几句痛骂共产党的话，可是龙铁饭碗已经拔了头筹，虎铁饭碗再做，也没有多大意思，自然只好请一个“词色甚厉”的朋友来“立去愚纸，不令更书”了。

五

“三一八”事件发生以后，我听到三个人的议论：

甲曰：学生每人到手了共产党五块钱，到国务院门口去造反，真混账！真该死！

乙曰：学生被枪击死，虽然可怜，然而大开其追悼会，却未免过分了。君不见唐官屯、马厂等处，战死之兵乎？谁为之开追悼会耶？又不见唐官屯、马厂等处中流弹而死之人乎？谁为之开追悼会耶？

丙告我曰：这几天学生胡闹得太不成话了，什么竟闹到国务院门口去了，你们当教员的人也不去管教管教，怎么对得住学生的家长呢？（谨按：末句义尤深长。）

六

吾今而知韩老学究“呜呼臣罪当诛兮天王圣明”这句屁诗，不是咏史，乃是预言。

前几天，听到一句“流言”——我希望这的确是“流言”——说是校长要引咎辞职。（谨按：这个意思，就是人家杀了我们这边的人，我还得要跪在人家面前叩头如捣蒜，自己左右开弓的大打厥嘴巴，高呼“老爷开恩，小的该死”。）但是，我看这样还不彻底。最好是，匍匐到老虎所谓“狮门喋血”之场，向卫队爷爷长跪，自己把衣服、裤子、鞋、袜、帽子、眼镜、钱包等等一一解除，双手奉上，然后引颈受刑；若恐有污卫队爷爷的贵手，则无妨自刎以献。若能这样克尽臣节，自然可以青史留名了。

七

何物“孙文”，竟这样的“生荣死哀!”周年纪念，胆敢公然在只有万岁爷爷可以坐得的太和殿上去开会！岂不可气可恼！来！看见手拿青天白日旗的给我宰了！

女人是什么东西，也配剪头发吗！哼！这还了得！来！看见剪头发的女学生，连他（不是“她”字或“伊”字）的脑袋也给我剪下来！

八

因为三根很粗的绳子有抽紧的必要，所以非“整顿学风”不可。因为洋大人的卵脬有敬呵虔汗的必要，所以非屠杀青年学生不可。

【原载一九二六年四月五日《语丝》第七十三期】

疑古玄同与刘半农抬杠

——“两个宝贝”

半农兄：

今天在一个地方看见一张六月二十六日的《世界日报》，那上面有他们从七月一日起要办副刊的广告，说这副刊是请您主撰的，并且有这样一句话：

刘先生的许多朋友，老的如《新青年》同人，新的如《语丝》同人，也都已答应源源寄稿。

我当然是您“刘先生的许多朋友”之一，我当然是“《新青年》同人”之一，我当然是“《语丝》同人”之一；可是我没有说过“答应源源寄稿”给《世界日报》的副刊这句话。老实说吧，即使你来叫我给他们做文章，我也一定是不做的，倒不见得是“没有工夫”，“没有材料”。再干脆地说吧，我是不愿意拿我做的东西登在《世界日报》里的，我尤其不愿意拿我做的东西与什么《明珠》、什么《春明外史》等等为伍的。我有一个牢不可破的见解：我以为老顽固党要卫道，我们在主义上虽然认他们为敌人，但有时还可以原谅他们（自然要在他们销声匿迹草间偷活的时候才能原谅他们），因为他们是“古人”是“僵尸”。最可恶的，便是有一种二三十岁的少年，他们不向前跑，不去寻求光明：有的听见人家说“线装书应该扔下茅厕三十年”或“中国的旧文化在今日全不适用”的话便要气炸了肺，对于捧坤角逛窑子这类混账事体认为大可做得，而对于青年男女（尤其是学生）为极正当极合理的恋爱反要大肆讥嘲；有的效法张丹斧做《太阳晒屁股赋》那种鸟勾当，专做不负责任没有目的的恶趣味的文字。我对于这种少年，是无论何时无论何地绝对不愿与之合作的。所以现在看了那广告上的话，不能不向你切实声明。他事可以含糊对付，此事实在不能“默尔而息”。话说得这样直率，这自然很对你不起，尚希原谅则个！

弟疑古玄同

一九二六年六月二十四日

再：

这封信请在《语丝》上发表为荷。

【原载一九二七年六月七日《语丝》第八十五期】

我对于周豫才君之追忆与略评

现在一般人都称豫才为“鲁迅”，其实这只是他的笔名；他并没有把正式的姓、名、号废除，他的名片上刻的是“周树人”，他写给他的老朋友们的信都署“树人”或“树”（十月二十一日《世界日报》上影印他十月十二日给宋紫佩君的信，署名“树人”，是其证），他们也都叫他“豫才”；我也是他的老朋友之一，故此文称“周豫才”而不称“鲁迅”。至“鲁迅”二字之由来，则因他在民元以前所做的文章往往署名曰“迅行”，而其太夫人姓“鲁”；他撰《狂人日记》时，省“迅行”为“迅”而冠以母姓也。或误以“鲁迅”二字为其别号而冠其父姓曰“周鲁迅”，大误。

玄同附记

我与周豫才君相识，在民元前四年戊申，至今凡二十九年。我与他的交谊，头九年（民前四——民五）尚疏，中十年（民六——十五）最密，后十年（民十六——二十五）极疏——实在是没有往来。

民元前四年，我与豫才都在日本东京留学。我与几个朋友请先师章太炎（炳麟）先生讲语言文字之学（音韵、《说文》），借日本的大成中学里一间教室开讲。过了些日子，同门龚未生（宝铨，先师之长婿）君与先师商谈，说有会稽周氏兄弟及其友数人要来听讲，但希望另设一班，先师允许即在其寓所开讲。（先师寓牛込区新小川町二丁目八番地民报社中，《民报》为孙中山先生所主办，即“同盟会”之机关报也。）豫才即与其弟启明（作人）、许季茀（寿裳）、钱均甫（家治）诸君同去听讲，我亦与未生、朱蓬仙（宗莱）、朱逖先（希祖）诸君再去听讲。周氏兄弟那时正译《域外小说集》，志在灌输俄罗斯、波兰等国之崇高的人道主义，以药我国人卑劣、阴险、自私等等龌龊心理。他们的思想超卓，文章渊懿，取材谨严，翻译忠实，故造句选辞，十分矜慎；然犹不自满足，欲从先师了解故训，以期用字妥帖。所以《域外小说集》不仅文笔雅驯，且多古言古字，与林纾所译之小说绝异。同时他在《河南》杂志中做过几篇文章，我现在记得的有《文化偏至论》、《破恶声论》、《摩罗诗力说》等篇，斥那时浅薄新党之俗论，极多胜义。我那时虽已与他相识，但仅于每星期在先师处晤面一次而已，没有谈过多少话。

他于民元前三年己酉回国，民国元年，他在北京教育部任佥事职。二年二月，教育部开“读音统一会”，他也是会员之一，会中为了注音符号的形式问题，众论纷纷，不能解决；先师门下任会员之豫才、逖先、季茀、马幼渔（裕藻）四君及舍侄钱稻孙君提议，采用先师在民元前四年所拟的一套标音的符号（以笔画极简之古字为之），会中通过此案，把它斟酌损益，七年冬，由教育部正式颁行，就是现在推行的注音符号（黎劭西君所著《国语运动史纲》第五十六页及七十五页中有详细的记载）。

二年九月，我到北平来，从那里到民国五年，我与他常有晤面的机会。他住在南半截胡同绍兴会馆里（即《呐喊》序中之“S会馆”），他那时最喜欢买《造像记》，搜罗甚富，手自精抄，裒然成帙。三年，他曾用木板刻所辑的《会稽郡故书杂集》。

六年，蔡孑民（元培）先生任北京大学校长，大事革新，聘陈仲甫（独秀）君为文科学长，胡适之（适）君及刘半农（复）君为教授，陈、胡、刘诸君正努力于新文化运动，主张文学革命；启明亦同时被聘为北大教授。我因为我的理智告诉我，“旧文化之不合理者应该打倒”，“文章应该用白话做”，所以我是十分赞同仲甫所办的《新青年》杂志，愿意给它当一名摇旗呐喊的小卒。我认为周氏兄弟的思想，是国内数一数二的，所以竭力怂恿他们给《新青年》写文章。七年一月起，就有启明的文章，那是《新青年》第四卷第一号，接着第二、三、四诸号都有启明的文章。但豫才则尚无文章送来，我常常到绍兴会馆去催促，于是他的《狂人日记》小说居然做成而登在第四卷第五号里了。自此以后，豫才便常有文章送来，有论文、随感录、诗、译稿等，直到《新青年》第九卷止（十年下半年）。

稍后（记不起真确的年代，约在十年到十五年），他在北大、师大、女师大等校，讲授中国小说史，著有《中国小说史略》一书。此书条理明晰，论断精当，虽编成在距今十多年以前，但至今还没有第二部书比他更好的（或与他同样好的）中国小说史出现。他著此书时所见之材料，不逮后来马隅卿（廉）及孙子书（楷第）两君所见者十分之一，且为一两年中随编随印之讲义，而能做得如此之好，实可佩服。

十三年冬，孙伏园与李小峰诸君创办《语丝》，约周氏兄弟、王品青、章衣萍（洪熙）、章川岛（廷谦）诸君共任撰稿，故《语丝》中豫才的文章也很不少。十四年，他又与他的几位朋友

（姓名都想不起来了）共办《莽原》。此外则徐旭生（炳昶）、李玄伯（宗侗）诸君所办的《猛进》中，也有豫才的文章。

十四年夏天，女师大学生反对校长杨荫榆的事件发生时，豫才是女师大的教员，他是站在学生一边的，被教育总长章士钊所知，于是下令免他的佥事职。十五年，“三一八”的惨案发生以后，北政府索性“一不做，二不休”，倒行逆施，竟开出所谓知识界的过激分子五十个人的名单，要通缉他们，豫才也是其中之一人，于是他不得不离开北平，上厦门去教书。

从十五年秋天他上厦门直到现在，这十年之中，他与我绝无往来。十八年五月，他到北平来过一次，因幼渔的介绍，他于二十六日到孔德学校访隅卿（隅卿那时是孔德学校的校务主任），要看孔德学校收藏的旧小说，我也在隅卿那边谈天，看见他的名片还是“周树人”三字，因笑问他，“原来你还是用三个字的名片，不用两个字的。”我意谓其不用“鲁迅”也。他说：“我的名片总是三个字的，没有两个字的，也没有四个字的。”他所谓四个字的，大概是指“疑古玄同”吧。我那时喜效古法，缀“号”于“名”上，朋友们往往要开玩笑，说我改姓“疑古”，其实我也没有这样四个字的名片。他自从说过这句话之后，就不再与我谈话了，我当时觉得有些古怪，就走了出去。后来看见他的《两地书》中说到这事，把“钱玄同”改为“金立因”，说：“往孔德学校，去看旧书，遇金立因，胖滑有加，唠叨如故，时光可惜，默不与谈。”（第二百四十四页）我想，“胖滑有加”似乎不能算做罪名，他所讨厌的大概是唠叨如故吧。不错，我是爱“唠叨”的，从二年秋天我来到北平，至十五年秋天他离开北平，这十三年之中，我与他见面总在一百次以上，我的确很爱“唠叨”，但那时他似乎并不讨厌，因为我固“唠叨”，而他亦“唠叨”也。不知何以到了十八年我“唠叨如故”，他就要讨厌而“默不与谈”。但这实在算不了什么事，他既要讨厌，就让他讨厌吧。不过这以后他又到北平来过一次，我自然只好回避他了。自从他上厦门去到现在，这十年中，我除了碰过他那次钉子以外，还偶然见过他几本著作（但没有完全看到），所以我近年对于他实在隔膜得很。

我所做的事是关于国语与国音的，我所研究的学问是“经学”与“小学”；我反对的是“遗老”、“遗少”、旧戏、读经、新旧各种“八股”，他们所谓“正体字”、辫子、小脚……二十年来如一日，即今后亦可预先断定，还是如此。我读豫才的文章，从《河南》上的《破恶声论》等起，到最近（二十五年十月）“未名书屋”出版的《鲁迅杂文集》止，他所持论，鄙见总是或同或异，因为我是主张思想自由的，无论同意或反对，都要由我自己的理智来判断也。

至于我对于豫才的批评，却也有可说的：（一）他治学最为谨严，无论校勘古书或翻译外籍，都以求真为职志，他辑《会稽郡故书杂集》与《古小说钩沈》，他校订《嵇康集》与《唐宋传奇集》，他著《中国小说史略》，他翻译外国小说，都同样的认真。这种精神，极可钦佩，青年们是应该效法他的。（二）日前启明对我说，豫才治学，只是他自己的兴趣，绝无好名之心，所以总不大肯用自己的名字发表，如《会稽郡故事书杂集》，实在是豫才辑的，序也是他做的，但是他不写“周树人”而写“周作人”，即是一例；因为如此，所以他所辑校著译的书，都很精善，从无粗制滥造的。这种“闇修”的精神，也是青年们所应该效法的。（三）他读史与观世，有极犀利的眼光，能抉发中国社会的痼疾，如《狂人日记》、《阿Q正传》、《药》等小说及《新青年》中他的《随感录》所描写所论述的皆是。这种文章，如良医开脉案，作对症发药之根据，于改革社会是有极大的用处的。这三点，我认为是他的长处。但我认为他的短处也有三点：（一）多疑。他往往听了人家几句不经意的话，以为是有恶意的，甚而至于以为是要陷害他的，于是动了不必动的感情。（二）轻信。他又往往听了人家几句不诚意的好听话，遂认为同志，后来发觉对方的欺诈，于是由决裂而至大骂。（三）迁怒。譬如说，他本善甲而恶乙，但因甲与乙善，遂迁怒于甲而并恶之。以上所说，是我所知道的豫才的事实，我与他的关系，我个人对于他的批评。此外我所不知道的，我所不能了解的，我都不敢乱说。

一九三六年十月二十四日

【原载一九三六年《师大月刊》第三十期】